本课题受到教育部人文社会科学研究一般项目"基于语料库的伊藤漱平《红楼梦》日译研究"(项目编号：17YJA740056)、北京语言大学出版基金资助。

阐释的演化：

伊藤漱平《红楼梦》日译研究

吴 珺 著

知识产权出版社
全国百佳图书出版单位

图书在版编目（CIP）数据

阐释的演化：伊藤漱平《红楼梦》日译研究/吴珺著.—北京：知识产权出版社，2019.3

ISBN 978-7-5130-6112-4

Ⅰ.①阐… Ⅱ.①吴… Ⅲ.①《红楼梦》—日语—文学翻译—研究 Ⅳ.①I207.411

中国版本图书馆 CIP 数据核字（2019）第 034101 号

内容提要

本书运用阐释学翻译理论，在通过对伊藤漱平版《红楼梦》三个版本（1958 全集本、1973 奇书本、1996 Library 本）展开文本细读的基础上建立了章回、隐喻等小型语料库，并采取定量为主、定性为辅的研究方法，多角度、系统性地梳理与论证了伊藤漱平《红楼梦》日译本特色以及三个版本的演化过程。兼与金波陵一《新译红楼梦》进行横向比较也是本书特色之一。另外，本书对"逐语译"与伊藤漱平《红楼梦》日译本之间的关系、"逐语译"与日本近代翻译观形成之间的动态关系也做了探索性研究。

责任编辑：于晓菲 李 娟　　　　　责任印制：孙婷婷

阐释的演化：伊藤漱平《红楼梦》日译研究
吴 珺 著

出版发行：知识产权出版社 有限责任公司	网　址：http://www.ipph.cn
电　　话：010-82004826	http://www.laichushu.com
社　　址：北京市海淀区气象路 50 号院	邮　编：100081
责编电话：010-82000860 转 8363	责编邮箱：yuxiaofei@cnipr.com
发行电话：010-82000860 转 8101	发行传真：010-82000893
印　　刷：北京中献拓方科技发展有限公司	经　销：各大网上书店、新华书店及相关专业书店
开　　本：787mm×1000mm　1/16	印　张：13.75
版　　次：2019 年 3 月第 1 版	印　次：2019 年 3 月第 1 次印刷
字　　数：165 千字	定　价：68.00 元

ISBN 978-7-5130-6112-4

出版权专有　侵权必究

如有印装质量问题，本社负责调换。

序 一

认识吴珺老师是在 1995 年,那时吴老师是北京外国语大学日语系的老师,我在北京日本学研究中心学习。后来吴老师去日本留学,我回到解放军外国语学院任教,现在想起来已经是 20 多年前的事情了。同为日语老师,我们都对《红楼梦》感兴趣,但是吴老师对《红楼梦》及《红楼梦》在日本传播有着很深的研究,是地道的《红楼梦》日译本的研究专家,而我充其量只不过是一个《红楼梦》的业余爱好者而已。今天吴老师来电话让我为其大作写一个序言,听到吴珺老师研究《红楼梦》译本的大作《阐释的演化:伊藤漱平〈红楼梦〉日译研究》即将出版的消息,当然非常高兴,也很期待,但是作为业余爱好者给《红楼梦》日译本研究专家的专著作序甚感惶恐。但是,盛情难却,只好勉为其难,贻笑大方。

《红楼梦》是公认的中华文化瑰宝,不但在中国深受国人推崇,而且在全世界也流传甚广,据说已被翻译成了 20 多种语言,介绍到了 100 多个国家。《红楼梦》虽然是一部小说,但是所涉及的文化内容非常丰富,研究《红楼梦》的海外译本，对研究世界各国人民对中华文化的理解和接受有着极其重要的意义和价值。日本是我们的近邻，中华文化对日本的影响也最为深远。当然像《红楼梦》这样带有中华文化标志性质的、脍炙人口的文学作品，也很早被译介到日本，并且有多个翻译家翻译了多个译本。

日本著名汉学家伊藤漱平先生致力于《红楼梦》在日本的翻译、介绍和研究 50 余年。在漫长的研究岁月中伊藤漱平先生对《红楼梦》的精髓反复领悟和体会，随着自己对《红楼梦》理解的不断加深，在不同时期翻译了 4 个版本，为《红楼梦》在日本的传播做出了巨大贡献。伊藤漱平先生在不同时期对《红楼梦》的理解，也反映了日本人对《红楼梦》的接受和理解情况，因此研究伊藤漱平先生的《红楼梦》的四个日译本，不但可以认清日本人对中华文化的理解情况和接受态度，而且对研究中华文化的海外传播规律也具有重要的学术意义。可惜的是目前国内在这方面的研究还非常薄弱，吴珺老师的这部专著可以说是填补了国内这方面研究的空白。

吴珺老师的这部著作丰富了汉日翻译研究的理论体系，特别是对完善隐喻翻译策略的理论做了有意义的探索。翻译是一个实践性很强的文化活动，将翻译经验上升到翻译理论本身就是一件非常困难的事情。特别是隐喻的翻译，由于各个国家文化传统不一样，在翻译过程中能否妥当处理隐喻，不但反映了译者对对象国文化的理解，体现了译者的翻译水平，也决定了本国读者对译本的接受，正如吴珺老师所言，隐喻的翻译是译者的"试金石"。《红楼梦》涉及了太多的隐喻，为了研究伊藤漱平对《红楼梦》隐喻的翻译，吴珺老师建立了伊藤漱平三个译本隐喻翻译的数据库，在此基础上总结出了伊藤漱平关于《红楼梦》隐喻的翻译策略，提出"保留源文喻体"是伊藤漱平翻译《红楼梦》隐喻时的主要手段。这一结论是吴珺老师在细读伊藤漱平的三种译本以及对大量隐喻数据进行深入分析的基础上做出的，是科学的。不仅如此，在对各种隐喻翻译策略的表达效果进行了评估以后，吴珺老师认为以"歇后语"的模式进行翻译，不但可以解决因勉强保留喻体造成映射不通的问题，也不会阻断源语文化意象传递。这是对翻译经验的理论总结，对丰富"隐喻翻译策略"的有关理论有很高的学术价值。

  吴珺老师一直致力于《红楼梦》日译本的研究，多年来发表了多篇有关《红楼梦》日译本研究的论文，其中不乏发表在《红楼梦学刊》上的重量级的文章，这部著作的出版也标志着吴老师研究《红楼梦》的日译本进入了一个新的高度。最近又获知吴老师正在带领学生开发《红楼梦》日译本的平行语料库。语料库是将大数据理念和现代信息技术引入人文社科领域的重要的基础建设，是传统人文社科研究走向现代化的重要支撑，以大数据为基础的人文社科研究无论在宏观上还是微观上都会取得传统方法无法取得的成果和发现，文学研究也不例外。吴珺老师规划的这个数据库将对《红楼梦》及其日译本数据进行多方位加工，将标注《红楼梦》文本研究及译本研究所需要的多种信息，对从事红学研究的专家学者来说，这无疑是非常宝贵的电子资料。语料库的加工建设无论从哪个角度讲都是一项需要付出艰苦努力的系统工程，从数据的收集、录入，到标注信息的研究、标注加工，无不需要耗费大量人力，语料库的加工还不仅仅是这些，一些特定信息的标注，不是一般人所能承担的，必须有红学专家的亲自加入，如隐喻信息的标注等。《红楼梦》中有太多的隐喻表达，仅仅隐喻信息的判断和标注就不是一件简单的事情，不但需要耗费大量的人力，更加需要研究者的智慧和在红学研究方面的丰富积累。这一数据库一旦建成无论对红学研究本身，还是对文学研究，甚至对语言学研究、社会学研究、文化领域的研究都将会发挥重要作用，其学术价值是不可估量的。

吴老师的研究远非这些，这里只能就我所接触到的很少的内容，谈一点肤浅的认识。也希望以吴老师这部专著出版为契机，有更多的学者能够加入到《红楼梦》日译本的研究行列。

施建军

上海外国语大学教授、博士生导师

2018 年 11 月于上海松江

序 二

1967年，罗兰·巴特（Roland Barthes）发表了一篇名为《作者之死》（*The Death of the Author*）的随笔。尽管很多学者在评论罗兰·巴特时，把他1970年的《S/Z》视作最具质和量的作品，但更多的学者还是认为那篇篇幅并不长的《作者之死》应该是罗兰·巴特最为著名、最具代表性的文章。在这篇文章的最后，罗兰·巴特写道：古典主义的批评从未过问过读者；在这种批评看来，文学中没有别人，只有写作的那个人。善心的社会正是借助于种种颠倒来巧妙地非难它所明确排斥、无视、扼杀或破坏的东西，然而现在，我们已经开始不再受这种颠倒的欺骗了；我们已经知道，为使写作有其未来，我们必须把写作的神话再翻倒回来：读者的诞生应以作者的死亡为代价来换取。

《红楼梦》——这部中国文学的鸿篇巨制，人类文学的伟大作品，且勿论其作者到底是谁，身世如何，其作者——"写作的那个人"，那几个人，显然已经"死去"——不管是从文本意义上来看，还是从肉体意义上来看，而"活着"甚至永生的则是一种新"文本"。围绕《红楼梦》而产生的超过其本身百倍、千倍、万倍甚至万万倍的卷帙浩繁、生生不息的"文本"，均为罗兰·

巴特揭示的"读者"所作，这其中当然也包括译者这类颇为特殊的"读者"，而日本汉学家伊藤漱平又是这类特殊"读者"中最为特殊的一位。与此同时，这类新"文本"之所以"活着"甚至得以永生的原因，与对各类"读者"的研究或者说再阅读，无疑也是分不开的，而且，仅就《红楼梦》来讲，这种研究或者说再阅读是庞大且繁盛的红学体系中非常重要的一支力量，吴珺的新作《阐释的演化：伊藤漱平〈红楼梦〉日译研究》则属于这支力量当中不可多得且极具创新价值的先锋。

事实上，在着手系统研究伊藤漱平对《红楼梦》的三易其稿的翻译之前，也就是在提交博士论文开题报告之前，吴珺早已开始关注伊藤漱平，并且发表了数篇关于伊藤漱平研究的学术论文，随后，吴珺发现，与伊藤漱平如此之高的《红楼梦》翻译成就相比，对其《红楼梦》翻译研究还刚刚起步，无论是数量上还是质量上都不尽人意。不仅如此，国内外对《红楼梦》日文译本研究本身就很不充分，仅有的几个研究偏重于词汇层面，还没有可以窥见全貌的译本研究或译者研究。鉴于这种状况，在前述一系列的疑问驱使之下，她确定把伊藤漱平《红楼梦》日译本翻译作为研究对象展开研究。

吴珺认为，伊藤漱平的《红楼梦》译本所采取的翻译策略是其个人前见与源文本和目标读者视域不断融合的结果。为了使读者更好地接受，伊藤漱平在部分表达上选取日本读者熟悉的用法，呈现出一定的归化的趋势；同时又受到时代的影响，呈现出"逐语译"的特点，可以说深深地打上了作者本身的烙印和所处时代的痕迹。从选取的几个角度分析结果来看，伊藤版本有把整个文体改"雅"的倾向，包括助词等细节部分都做了字斟句酌的修改。另外，整体翻译精雕细琢，不断删改以求最大程度展现人物风貌。如果说以上各个侧面因题材和文体不同而呈现出多样化的翻译策略是一条可见的"明线"的话,那么"逐语译"就是一条"暗线",与之同时并行。吴珺认为"逐语译"既可以理解为一种翻译方法,即直译;同时也可以理解为一种翻译态度,即忠实于源文本的严谨的翻译态度,这在伊藤译本中两者兼而有之。伊藤漱平凭借其对《红楼梦》的深刻理解以及造诣超群的文字功底对《红楼梦》做出了独特的阐释,与《红楼梦》的对话帮助他完成了与源文本的视域融合,为日本读者带来了深刻的阅读体验。伊藤漱平没有提供一个最终成果的译本,他没有把自己的译作当成最终产品让读者去理解,而是把它当作一个中介和桥梁,把读者引向原著。这是因为他认为自己的译本不可能、也无法取代原著。但是作为译者本身却可以通过调整一步步接近源文本。从接受来看,伊藤漱平期待视野当中的读者群体可能高于一般意义上的群体,偏离了一般读者群,这被认为是影响《红楼梦》日译本在日本接受度的原因之一。

我本人虽然也做翻译实践,但对于翻译研究,其实涉猎不多,15年前曾在《人民日报》的"文化交往中的文学翻译"专栏上发表过一篇题为《文化:本色与褪色》的短文,后来发表过一篇比较梁实秋和林语堂翻译风格的文章,最近写过一篇题目为《翻译的革命》的短文。有意思的是,从这些文章中可以看出我对待翻译问题在观念上的一些变化。比如,在《文化:本色与褪色》中,我曾谈到,文化的褪色除了自身演化发展过程中某些特征的消退,也包括不同文化交融过程中本色文化特征的消失。全球化语境下,文化的全方位多向度交流,相互影响以及吸收、融合已是必然和不争之实。在这样一个过程中,无论是文化的介绍、理解和吸收,还是文化的比较、筛选和交融,都离不开翻译……越来越多的翻译工作者和翻译学研究者不仅注意到翻译与语音、语义、语篇等语言问题的联系，而且提出了"文化语境""跨文化交际"的文化翻译概念，对文化背景，文化知识特别是文化差异的了解和把握，越来越成为难以忽视的问题。"信、达、雅"的实现不仅仅依赖于语言功底的深厚和语言技巧的运用，而是更多地依赖于译者对跨文化双方甚至多方文化内蕴的理解程度和体验能力。

也就是说，那时我认为翻译应该重视向"译入国"或"目的语国"文化"靠拢"。但是，到了今天，在《翻译的革命》中我则提出了另一种主张，即一种"原汁原味"的翻译：在今天的翻译实践和翻译理论中，我本人在尝试一种保持"原汁原味"的翻译。也就是说，翻译成中文的作品，字、词、句和语法结构，当然是使用汉语（目的语）的，要符合中文的表达习惯，但是语言在整体上要保留母语的散文风格和它自身的文学性，让读者能体会到外国人母语的散文"味道"，也就是写作风格。这就像音乐，让人一听就能分辨出是西班牙风格、俄罗斯风格，还是阿拉伯风格……可以说，这是翻译的一次革命！至少是"文化翻译"观念的一次创新。而在过去，由于国与国之间、民族与民族之间、文化与文化之间的交往、交流不如今天这样充分，翻译一般会看重将母语的文化味道向目的语的文化味道"靠拢"或"迁移"，所以，常常会有"失真"或"变味"的情况出现，针对留学生的翻译教学也主要提倡和强调"让读者看不出是外国人写的"。以前，学汉语的外国人少，不知道他们的母语作品翻译到了中国变成了什么样，现在学汉语的多了，看到他们母语的名著翻成中文后，每个字都认得，但整部作品却不知所云，这就是"失真"或"变味"的翻译。我曾经遇到过一位母语是西班牙语的译者。他告诉我，以前学习英文，发现英文版的《堂吉诃德》与原文差距很大，有明显向英语国家文化习惯靠拢的倾向，后来他学习了中文，发现无论是从西班牙语版翻译来的中文《堂吉诃德》，还是从英语版翻译来的《堂吉诃德》，都存在同样的问题，西班牙人生活的文化"味道"丧失殆尽，有的章节甚至荡然无存，最后好像只让中国读者看到了一位像孔乙己一样可笑的"大战风车"的人……

  如此看来，根据吴珺的研究结论，在 15 年前，我对翻译的看法与伊藤漱平的翻译理念是有相通之处的，但是，按照今天我对文学翻译的新理解，我应该并不完全同意伊藤漱平先生当年的翻译理念。然而，无论何时，我们都应该非常赞赏吴珺对伊藤漱平翻译《红楼梦》所做的研究和由此得出的结论，这项研究揭示了译者作为特殊读者对源文本的再建构过程，不仅在个案研究方面填补了伊藤漱平翻译研究的空白，解答了起初提出的一系列疑问，也从整体上进一步丰富了阐释学翻译理论。

  是为序！

张　华

北京语言大学教授、博士生导师

2018 年 12 月 26 日

目　录

第一章　绪　论 1
一、研究的意义和内容 1
二、伊藤漱平《红楼梦》日译研究述评 4
三、译者、译本及底本情况 22
四、研究内容与研究方法 31
五、本研究的创新之处 34

第二章　伊藤漱平《红楼梦》回目翻译研究 36
一、引言 36
二、伊藤漱平《红楼梦》回目翻译策略 38
三、伊藤漱平《红楼梦》回目翻译特征 45
四、三个版本的演化 50
五、结语 54

第三章　伊藤漱平《红楼梦》日译本隐喻翻译研究 ·········· 57
　　一、《红楼梦》隐喻翻译研究述评 ·························· 57
　　二、伊藤漱平《红楼梦》日译本隐喻分类 ·················· 60
　　三、伊藤漱平《红楼梦》日译本隐喻翻译特色 ·············· 74

第四章　伊藤漱平《红楼梦》日译本注释研究 ·············· 80
　　一、副文本与注释研究 ·································· 80
　　二、伊藤漱平版本注释要述 ······························ 82
　　三、三个版本的演化 ···································· 90
　　四、伊藤漱平《红楼梦》日译本译注特征 ·················· 94
　　五、结语 ··· 98

第五章　文体差异与典型人物阐释策略 ······················ 99
　　一、引言 ··· 99
　　二、王熙凤人物语言特色 ······························· 101
　　三、案例分析 ·· 102
　　四、伊藤漱平版本的读者意识与文体决策 ················· 114

第六章　"逐语译"与伊藤漱平《红楼梦》日译 ············ 117
　　一、"逐语译"的定义 ································· 117
　　二、"逐语译"与伊藤漱平《红楼梦》日译 ··············· 119
　　三、《红楼梦》日译与"逐语译"风格的传承 ············· 123

四、"逐语译"的形成及流变······126

　　五、伊藤漱平"逐语译"翻译的另一个侧面······128

第七章　伊藤漱平《好了歌》日译研究······131

　　一、引言······131

　　二、伊藤漱平版《好了歌》翻译剖析······133

　　三、"翻译度"研究的必要性······141

第八章　阐释间距与伊藤漱平《红楼梦》日译本的演化······144

　　一、引言······144

　　二、对阐释间距的认识······146

　　三、逐步雅化——从未完成的阐释······153

　　四、文眼的折射——局部与整体······160

　　五、结语······166

第九章　伊藤漱平《红楼梦》日译本翻译特色及接受······167

　　一、伊藤漱平《红楼梦》日译本翻译特色······167

　　二、伊藤漱平版《红楼梦》在日本的接受······171

　　三、本书的局限性与进一步研究的方向······175

参考文献······177

· xiii ·

附　录······191

附录一　1985—2015年国内《红楼梦》日译文献目录······192

附录二　伊藤版本与井波版本《红楼梦》隐喻词条语料······194

后记······199

第一章 绪 论[1]

一、研究的意义和内容

"《红楼梦》一部凝聚中国文化精神的小说"[2]，"它以集大成的思想艺术容量与历久弥新的阐释魅力，成为中国小说史、文学史、文化史、思想史上不可回避的研究重镇"[3]。从第一本《红楼梦》远涉重洋开始，两个多世纪以来（1793—1993 年），《红楼梦》共被翻译成 17 种左右的语言文字，在世界各地拥有千百万读者[4]。截至目前，《红楼梦》共有日文全译本、节译本、编译本、摘译本 30 种[5]。日译本的不断出现也推动了日本汉学家对红学的研究，相比起其

---

[1] 此部分刊发在 2018 年《北京第二外国语学院学报》第 2 期，收录本书时做了适当修改。

[2] 胡文彬.红楼梦与中国文化论稿 [M].北京：中国书店，2005（1）：16.

[3] 张洪波.《红楼梦》的现代阐释——以"事体情理"观为核心 [M].北京：中华书局，2008（8）：5.

[4] 胡文彬.红楼梦在国外·自序 [M].北京：中华书局，1993.

[5] 全译本有：1924 年幸田露伴、平冈龙城版《国译红楼梦》、1940 年 10 月松枝茂夫版《红楼梦》、1958 年伊藤漱平版《红楼梦》、2014 年井波陵一版新译《红楼梦》。

他国家，日本的红学研究时间早、范围广❶，可以说日文译本在《红楼梦》世界译本大家族中占有举足轻重的地位。

其中，日本著名汉学家伊藤漱平（1925—2009年）❷为《红楼梦》的译介与研究做出了巨大的贡献，他"将日本的红学界与中国及世界接轨，让日本的红学在蓬勃发展的世界红学中占有一席之地"❸。受清代乾嘉学派的影响，日本汉学家在中国古典文学研究上的考据意识强烈，伊藤漱平更是其中的佼佼者。胡文彬认为："在日本众多的现当代红学家中，精研覃思，缜密通达，著作丰赡的伊藤漱平教授是最为值得详加介绍的人物"。❹孙玉明《日本红学史稿》所附的《日本〈红楼梦〉研究论著目录》❺中，伊藤漱平的论文名录就占到52篇❻，研究内容涵盖了《红楼梦》的各个方面，从这些论文中可以强烈感受到伊藤漱平严谨执着的考证思路。"求红索绿费精神，梦幻恍迎华甲春。未解曹公虚实理，有基楼阁假欤真？"伊藤漱平晚年所做的这首《华甲有感》，表达了他对多年来研究《红楼梦》的心路历程，也是他上下求索《红楼梦》真谛的真实写照。

不仅如此，伊藤漱平还是蜚声国内外的著名翻译家。笔者之所以选取伊

---

❶ 伊藤漱平.红楼梦在日本的流传——江户幕府末年至现代[J].红楼梦研究集刊，1989（10）；胡文彬.《红楼梦》在国外（第一版）[M].北京：中华书局，1993（11）.

❷ 考虑到行文流畅的需要，本研究中出现的人名皆省略称谓。

❸ 丁瑞滢.红楼梦伊藤漱平日译本研究[M].中国台湾：铭传大学应用中国文学研究所，2005（12）：29.

❹ 胡文彬.红楼梦在国外·自序[M].北京：中华书局，1993.

❺ 孙玉明.日本《红楼梦》研究论著目录[J].红楼梦学刊，2002（1）：307-332.

❻ 其中包括作者研究、版本研究、脂批研究、小说内容研究、比较文学研究、日本《红楼梦》传播研究、日本红学研究、中国红学研究等。

藤漱平《红楼梦》日译本翻译作为研究对象，还有以下两个维度的考虑：其一，前后4次译本是伊藤漱平用了毕生的精力研究积累出的精华，值得研究。伊藤漱平用了将近50年的时间从事《红楼梦》的翻译工作，并前后3次于改版时修订自己的译本，其为了《红楼梦》的翻译倾注了几近一生的心血。"伊藤先生曾三次翻译《红楼梦》，先生的一生对于这部异邦的文学名著，可谓念兹在兹，上下求索其中真意"❶。其二，学界对伊藤漱平《红楼梦》日译本的评价高。孙玉明高度评价了伊藤漱平的《红楼梦》翻译和研究，认为他在日本红学史上是"用力最勤成就最大的一个"❷。田仲一成在《伊藤漱平教授的生平与学问》一文中评价说："尽管当时文学界公认先生译本已经达到很高水平，但先生并未止步于此。1995年，先生再施朱笔，着手第3次翻译，费时两年完稿，时年已届72岁高龄。这个版本被收入平凡社文库，广泛流行于读书界，大大促进了《红楼梦》在日本的普及。"❸ 该版本"译文表达精准，注释绵密细致，对比前一版本有很大的超越。这当然与中国国内这20年间红学研究的进步有很大关系，但更让我感受到的是译者（伊藤漱平）欲将研究成果严密准确地表现在译文当中的永不知疲倦的探索精神"❹。伊藤漱平的译本也充分反映出他的考证精神，其语言精致考究、注释翔实，甚至文本的细节部分都值得推敲，呈现出明显的深度翻译的特征。因此，伊藤漱平《红楼梦》日译本的翻译方法与翻译特色可以为传统文化外译提供很好的范本。

---

❶ 田仲一成.伊藤漱平教授的生平与学问[J].国际汉学研究通讯，北京：中华书局，2010（4）：218.
❷ 孙玉明.日本红楼梦研究略史[J].红楼梦学刊，2006（5）：233.
❸ 田仲一成.伊藤漱平教授的生平与学问[J].国际汉学研究通讯，北京：中华书局，2010（4）：218.
❹ 丸山浩明.书评伊藤漱平译《红楼梦》[J].吴珺，译.二松学舍大学人文论丛，1998（61）：102.

然而，相较于伊藤漱平如此之高的《红楼梦》翻译成就，对其《红楼梦》翻译研究还刚刚起步，无论是数量上还是质量上都不尽如人意。而且，国内外对《红楼梦》日译本研究本身就很不充分，仅有的几个研究偏重于词汇层面，还没有可以窥见全貌的译本研究或译者研究面世。

在长达50年的《红楼梦》翻译生涯中，伊藤漱平有着什么样的翻译理念？在几易其稿之下，他是如何诠释《红楼梦》源文本的精华？在三次改译过程中他是如何取舍实现文本的自我完善和演化？在这样一系列疑问的驱使之下，笔者决定把伊藤漱平《红楼梦》日译本翻译作为研究对象，通过阐释性翻译研究等最新的翻译理论，梳理伊藤漱平的《红楼梦》日译本翻译特色，多角度、系统性地展现其翻译成就，希望以此为中华文化外译研究尽绵薄之力。

二、伊藤漱平《红楼梦》日译研究述评

（一）中国国内《红楼梦》研究

日本的红学研究一直是红学研究的重要方阵之一。毫无疑问，伊藤漱平的《红楼梦》译本研究，必然与我国学术界对日本红学研究现状的看法有关。王丽娜在其出版于1988年的《中国古典小说戏曲名著在国外》中就曾说：20世纪20年代至今，与西方学者的研究相比，日本学者的研究呈现出较早取得成就、论文数量多、选题广泛等特点。王丽娜的这部著作对中国的古典

第一章 绪　论

小说在国外的译介和研究情况作了概览式的研究，其中有两部分涉及《红楼梦》在日本的译介和研究情况。首先介绍了《红楼梦》日译本的译者，重点介绍了全译本的译者和译本情况，包括幸田露伴和平冈龙城的合译本、松枝茂夫译本以及伊藤漱平译本；其次较详细地介绍了著名汉学家大高岩等的红学研究成果。在论述到伊藤漱平的红学研究成果时，王丽娜是这样评价的："伊藤漱平先生在脂砚斋评语的研究方面，用力尤多，取得了可观的成绩，如收入《红学世界》的《有关红楼梦的题名问题》一文，就颇有新的见地"。❶ 并且她认为伊藤漱平译本 ❷ "是一种较好的印刷本……目前在日本都较为流行" ❸。

红学家胡文彬对日本的红学研究集中在《〈红楼梦〉在国外》一书中。该书论述了《红楼梦》在日本、朝鲜、缅甸、英国、德国、法国、美国等13个国家的传播、译介和研究情况，对《红楼梦》在海外的传播作了细致的梳理，具有很高的学术参考价值。该书第一章便是《〈红楼梦〉在日本》，可以看出作者对红学在日本的重视，从另外一个角度也可得知日本的红学研究成果之多、分量之重。作者在伊藤漱平红学研究的基础上，首先，回顾了中日文化交流史，提出两国之间的文化交流内容丰富多彩，源远流长；考证了龙泽马琴尺牍和黄遵宪与日本友人笔谈，由此证明《红楼梦》传入日本后，作为日本外国语学校教材而得以流传，其影响是广泛而深远的；其次，重点论述了森槐南、大高岩及"红楼梦主"伊藤漱平与《红楼梦》之间的深厚渊源，高度评价了大高岩在20

---

❶ 王丽娜.中国古典小说戏曲名著在国外[M].上海：学林出版社，1988（8）：283-285.

❷ 1960年平凡社版本。

❸ 王丽娜.中国古典小说戏曲名著在国外[M].上海：学林出版社，1988（8）：281-283.

世纪30年代到60年代的红学成就，认为在那个年代"大高岩对《红楼梦》的研究和评论是最全面，系统的"。对于伊藤漱平，胡文彬认为其在日本现当代红学家中是"最为值得详加介绍的人物""精研覃思，缜密通达，著作丰赡""以日本红学家而蜚声世界红林，是中国红学界尊敬而最熟悉的朋友"。胡文彬还从宏观的角度高度概括了日本红学家对《红楼梦》研究的特点：一是起步早，研究面宽；二是重视资料收集和研究；三是重视考据，文风朴实❶。这些成果都为开展对日本红学的进一步研究打下了坚实的基础。

孙玉明对日本的红学研究充分体现在其《日本红学史稿》这部著作当中。这部著作是系统地研究日本红学的里程碑式的著作，拥有很高的学术价值和史料价值，是了解和研究日本红学研究的必读书目。《日本红学史稿》全书共分5章，该书的第4章则是直接关于伊藤漱平的研究，用了16页的篇幅对伊藤漱平的生平、伊藤漱平翻译《红楼梦》的始末、其《红楼梦》研究的成就和吴世昌的笔墨官司给予了详细系统的梳理。对于伊藤漱平的《红楼梦》翻译成就，孙玉明评价说："无论是《红楼梦》的翻译还是研究方面，在日本红学史上，都是用力最勤成就最大的一个。"❷这部著作从宏观上对伊藤漱平与《红楼梦》研究作了系统全面的梳理，为更深入研究日本红学提供了宝贵的资料。

段江丽对《红楼梦》的研究涉及面非常广泛，包括版本研究、人物研究、1949年之前与之后的红学研究等。其对日本红学研究的深入探讨和精辟分析颇受学术界瞩目。她用独特的视角对笹川种郎和盐谷温的红学成就作了细致的整

---

❶ 胡文彬.《红楼梦》在国外[M].北京：中华书局，1993（11）：1-25.
❷ 孙玉明.日本红楼梦研究略史[J].红楼梦学刊，2006（5）：233.

理和分析，认为："笹川种郎通过'帝国百科全书'之一的《明清文学史》这一影响力巨大的平台，第一次让《红楼梦》走进日本千千万万普通读者的视野。如果说，森槐南是日本红学奠基人，那么，笹川种郎则是日本普及《红楼梦》第一人。"❶ 对于盐谷温，段江丽则指出："盐谷温红学研究的独创性主要体现在两个方面：第一，将《红楼梦》置于中国文学史以及文化传统视野之下进行考察；第二，将《红楼梦》置于西方近代性学术观念之下考察……视野宏阔而又具有近代性学术观念的理论穿透力。"❷

王人恩对《红楼梦》的研究集中体现在对森槐南的《红楼梦》研究方面。发表于 2001 年第 4 辑《红楼梦学刊》的《森槐南与〈红楼梦〉》❸ 一文高度评价了森槐南作为日本第一位将《红楼梦》译介到日本的重大意义，认为森槐南虽然只是将一个楔子译介到了日本，但对日本人了解《红楼梦》，扩大《红楼梦》的国际影响起到了不小的作用，并且推测在他之后翻译《红楼梦》的岛崎藤村、岸春风楼、幸田露伴和平冈龙城及松枝茂夫等或多或少地都受到过森槐南的译文影响。除此之外，他重点考证和论述了森槐南 17 岁时创作的《补春天》与《红楼梦》的关系，认为其明显地受到了《红楼梦》影响。之后发表于 2006 年《红楼梦学刊》的《森槐南与〈红楼梦〉补说（之一）》❹ 则在发掘了大量宝贵史料的基础上对曾经涉及而未详加讨论的几个人物，如沈文荧、

---

❶ 段江丽．日本"中国文学史"中的《红楼梦》（一）——以笹川种郎为中心[J]．红楼梦学刊，2013（6）：226．

❷ 段江丽．日本"中国文学史"中的《红楼梦》（一）——以笹川种郎为中心[J]．红楼梦学刊，2013（6）：226．

❸ 王人恩．森槐南与《红楼梦》[J]．红楼梦学刊，2001（4）：267．

❹ 王人恩．《森槐南与红楼梦》补说（之一）[J]．红楼梦学刊，2006（4）：261．

王治本、王藩清及其相关问题作了些补论。2007年，在以上两项研究的基础上，王人恩对饭田吉郎先生惠赠所得森槐南题咏《红楼梦》的诗词作了研究和考证，认为："《题红楼梦后》七律四首和《贺新凉·读〈红楼梦〉用孙苕生女史韵》一词为我们了解森槐南如何逐步成长为日本《红楼梦》研究的奠基人，进而研究《红楼梦》的传播史，尤其是研究日本红学史，具有很重要的参考价值。"❶

上述有关日本红学研究的观点和看法，对于完善研究日本的红学研究具有重要的意义，同时在资料的考证和梳理方面均有独到之处，为伊藤漱平的《红楼梦》译本研究提供了开阔的学术背景和理论视野。

（二）中国国内伊藤漱平《红楼梦》日译研究

如前所述，相对于伊藤漱平的文学翻译成就来说，我国国内直接对伊藤漱平的《红楼梦》译本开展研究的论文、论著为数并不多。为了把握《红楼梦》日译本在我国国内的研究情况，笔者对国内1985—2015年这30年间的《红楼梦》日译研究成果作了统计❷，首先将关键词设定为"红楼梦""日译"在中国知网（CNKI）的跨库初级检索库中检索，去除与《红楼梦》日译本非相关研究，共检索到期刊论文20篇，硕士学位论文4篇，共24篇。统计如表1.1所示。

---

❶ 王人恩.森槐南的题《红楼梦》诗词——《森槐南与红楼梦》补论（之二）[J].红楼梦学刊，2007（2）：296.

❷ 统计截止到2015年5月。

表 1.1 1985—2015 年《红楼梦》日译本论文发表数量统计

年份	期刊论文（篇）	学位论文（篇）	会议论文（篇）	本年度总数（篇）	伊藤版《红楼梦》日译本相关研究（篇）
1989	1	0	0	1	1
1993	1	0	0	1	1
2005	0	1	0	1	1
2007	0	1	0	1	1
2008	1	0	0	1	1
2009	1	0	0	1	1
2010	5	0	0	5	4
2011	5	0	0	5	3
2012	1	1	0	2	2
2013	4	0	0	4	3
2015	1	1	0	2	2

从表 1.1 可以看出，1985—2015 年这 30 年间有关《红楼梦》日译本的论文总共 24 篇。其中，1985—1989 年这 4 年间国内学者对《红楼梦》日译本的研究基本空白；1989—2009 年每年有一篇论文产出；2010 年、2011 年关注度上升，分别有 5 篇论文发表；2013 年有 4 篇论文面世。可见从 2009 年起，学界对《红楼梦》日译本的研究逐渐重视起来，特别是在 2010 年、2011 年和 2013 年这三年间论文总数 14 篇，所占比例达到 58%。值得关注的是这 24 篇当中，有关伊藤版《红楼梦》日译研究占 20 篇，由此可以看出伊藤漱平版《红楼梦》日译本在国内学者当中具有很高的认知度。

从研究类别来看，我国国内《红楼梦》日译研究主要集中在语言学视角研究、译本的翻译策略研究和译本底本研究这三个方面。语言学视角研究最多，共9篇；译本的翻译策略研究共8篇；其次是译本底本研究，共3篇。除此之外，还包括2篇传播与接受方面的研究以及2篇译本总括性研究。以下分别从语言学视角研究、译本的翻译策略研究和译本底本研究这三个方面详细地考察国内《红楼梦》译本研究现状。

  首先，从日汉对比语言学角度的研究。主要有苏德昌❶、马燕菁❷等人的研究。苏德昌从语言学的范畴探讨了词汇翻译。马燕菁则从对比语言学的角度分析了曹雪芹的《红楼梦》和日本著名红学家伊藤漱平的日译本当中的人称代词受修饰现象。通过计量分析，作者得出与日译本相比，原著中人称代词受修饰的出现概率很低，由此可以看出汉语和日语人称代词句法分布的特点，认为人称代词受指示词修饰既然已成为《红楼梦》日译本语言使用上的一大特色，那么在今后类似文本的翻译当中可以用到实践当中，提高译文质量。盛文忠❸从日汉对比语言学的角度，考察了《红楼梦》与伊藤漱平1969年日译本在日汉句式、动词、主语和形式名词的使用情况方面的差异，并且认为除语法因素外，两者产生差异的原因与中日认知模式有关。日语属于"漫画式认知"，而汉语属于"动画式认知"。

  其次，从译本翻译策略的研究。研究对象包括译注、文化关联词、中药方剂、詈骂语、诗词曲赋等，呈现多样化的趋势。尽管与成果累累的《红楼梦》英译

---

❶ 苏德昌. 从红楼梦的日译看"そんな"的感叹词性用法 [J]. 日语学习与研究，1993（3）：7-21.

❷ 马燕菁. 从《红楼梦》看汉日语人称代词差异——基于人称代词受修饰现象的考察 [J]. 红楼梦学刊，2010（6）：244.

❸ 盛文忠. 从《红楼梦》伊藤漱平（1969）日译本看中日认知模式差异 [J]. 红楼梦学刊，2013（1）：308-326.

研究相比差距悬殊，但近三年从翻译学角度或是跨文化研究的角度对译本进行分析的论文增多，也表明了学者们对该研究的关注度增加。此外，该研究领域内还出现了几个青年领军人物，比如宋丹、王菲等，她们的研究多为描述性研究，扎根于文本，重视考证，为《红楼梦》日译本的研究作了很好的铺垫。

张翔娜❶的研究在肯定了译注作为副文本对原作信息的补偿作用的基础上，考察了《红楼梦》伊藤漱平译本的译注，举出具体实例对王忠亮提出的译注的释源、深化和追加三种功能在伊藤漱平译本中的具体体现作了一定的论证。同时高度评价了伊藤漱平的考证能力，认为："为了做好译注，译者应该深入培养自己的文化修养内涵，在深入研究原著的同时，对不太熟悉的事物应做出必要的考证……从某种意义上讲，作为日本知名的红学家和翻译学家，伊藤漱平在这方面做得相当出色。"该研究在语料上有待扩充，但无疑对此类研究作了一定的尝试。

李海振❷的研究也颇值得关注。在《〈红楼梦〉日文全译本及其对中药方剂的翻译》一文中，李海振在梳理《红楼梦》的松枝茂夫全译本、伊藤漱平全译本和饭冢朗全译本的底本及翻译出版情况的基础上，以第十回张太医为秦可卿所开的"益气养荣补脾和肝汤"为例，考察了三个全译本中药方剂中所涉及的药材名称、计量单位和炮制方法等内容所采取的翻译策略。该论文内容翔实，对一些细节之处，比如"钱"和和制汉字"匁"的不同等都追根溯源进行了严密的考证。同时发掘第一手资料，澄清了部分广为引用的二手资料"以讹传讹"的错误，尤其是对伊藤漱平全译本及改译本的考证确凿，为《红楼梦》研究提

---

❶ 张翔娜.《红楼梦》伊藤漱平译本的译注形式 [J]. 才智，2013（31）：250-251.
❷ 李海振.《红楼梦》日文全译本及其对中药方剂的翻译 [J]. 华西语文学刊，2010（2）：270-281.

供了宝贵的一手资料。在对药材名翻译考证过程中，李海振认为："以重视资料收集和研究著称的'红楼梦主'伊藤漱平的翻译的确更见功力和严谨。"但此研究难度较大，对于中药方剂翻译策略需要建立相关语料库才可以窥见全貌。另外，李海振在《〈红楼梦〉饭冢朗日译本对小说人名的翻译》[1]一文中，从对姓氏隐喻的翻译和对小说命名艺术的翻译这两个角度初步考察了1980年集英社出版的饭冢朗全译本中部分姓氏和命名。李海振认为对于姓氏隐喻的翻译，饭冢朗译本中所采取的括号加注释或尾注释意的译法为读者提供了背景知识，有效地传递了命名文化。但篇幅所限，分析有待展开。

宋丹的《〈好了歌〉四种日译本的比较研究初探》[2]是一篇译本分析的力作。根据是否沿袭日本训读汉籍的传统方法，首先，将同属"汉风"译本的平冈龙城与松枝茂夫的译文进行比较，得出两种译文虽然在训读方面有很大的相似性，但在原文汉字保有率方面，"好""了"二字的处理方面以及对原文的处理上都有差异；其次，将作为"和风"译本的饭冢朗与伊藤漱平译本作了对比，和训读痕迹明显的"汉风"组相比，"和风"组借鉴了和歌的体裁，尤其是伊藤漱平译本注重韵律，"是四位译者中对译文押韵效果最为重视，也发挥了最大主观能动性的一位"[3]。结论部分宋丹得出《好了歌》四种日译本的翻译策略与风格特色是《红楼梦》全体诗词曲赋的映射，并随着时代的变化训读痕迹减弱，归化倾向明显。宋丹用描述性翻译研究的方法客观立体地阐述了这四个译本在《好了歌》翻译上的策略不同之处，研究方法值得参考，但遗憾的是宋丹并没有深

---

[1] 李海振.《红楼梦》饭冢朗日译本对小说人名的翻译[J].飞天，2011（22）：113-114.

[2] 宋丹.《好了歌》四种日译本的比较研究初探[J].红楼梦学刊，2014（3）：270-290.

[3] 宋丹.《好了歌》四种日译本的比较研究初探[J].红楼梦学刊，2014（3）：281.

度挖掘译者与译本之间的关系，也就是说没有注意到译者本身的视域是如何影响翻译视域的表达。但该论文所得出的结论很有启发性，对以后的此类研究提供了很好的范本。

王菲的研究有明显的考证意识。《试析〈红楼梦〉两个日译本对文化内容的翻译》❶是一篇佳作，具有很高的参考价值。王菲考察了松枝茂夫和伊藤漱平的两个《红楼梦》日译本的文化内容的翻译，内容涉及历史典故、俗语、宗教、礼俗传统等层面。在论证过程中对中日背景知识考据充分，从文化阐释和接受的角度对两者涉及文化内容的翻译技巧作了比较详尽的考察。但结尾之处王菲虽然指出两者"都创造出了他们自己翻译文学的完整的风格"，但具体两者各是何种风格却没有展开论述。王菲的另一篇论文是《管窥〈红楼梦〉三个日译本中诗词曲赋的翻译——以第五回的翻译为例》❷，该研究以《红楼梦》第五回中的诗词曲赋为参照物，比较和分析了松枝茂夫译本（SM）、伊藤漱平译本（SI）和饭冢朗译本（AI）相对应的译文，从语言表达和文化传递两个层面对三个译本的翻译技巧作了一定的考察。在论证过程当中作者注意到底本研究对译本研究的重要性，对同类研究起到了很好的提示作用。

张晓红❸通过分析伊藤漱平、松枝茂夫、饭冢朗三个全译本当中的典型游艺，比如"社火灯花""牙牌令""像生儿""抹骨牌"等游艺名称的日译，论证

---

❶ 王菲.试析《红楼梦》两个日译本对文化内容的翻译[J].华西语文学刊，2010（2）：282-290.

❷ 王菲.管窥《红楼梦》三个日译本中诗词曲赋的翻译——以第五回的翻译为例[J].中华文化论坛，2011（5）：36-42.

❸ 张晓红.游艺词语的文化内涵与翻译——以三个日译本《红楼梦》典型游艺名称的处理为例[J].华西语文学刊，2012（1）：123-133.

了在翻译此类蕴含丰厚中国传统文化的词汇时，需要重视其文化背景这一观点。张晓红同时高度评价了三个译本在翻译过程当中进行源语的文化历史分析、追本溯源的考据精神。

唐均、徐云梅❶的研究从语义对等、文化对等的视角分析了《红楼梦》三个日译本（伊藤漱平译本、松枝茂夫译本、饭冢朗译本）中部分典型绰号的日译，认为从总体而言，饭冢朗的译本接近松枝茂夫，而伊藤漱平与两者的语体风格迥然不同，呈现出翻译策略的多样性。唐均、徐云梅认为这是因为译者对源文本的理解和审美不同，受众意识不一样所造成的，但对此并未作深入剖析。

我国台湾的丁瑞滢在胡文彬、孙玉明的研究基础上作了大量的资料收集和实证研究，尽管没有看到丁瑞滢的后续相关研究，但其硕士论文《红楼梦伊藤漱平日译本研究》❷无疑是迄今为止对伊藤漱平本人以及伊藤漱平《红楼梦》翻译研究最详细最全面的研究，尤其是在资料挖掘方面取得了丰硕的成果，为本论文提供了重要的参考。该论文分为六章，第一章是绪论，介绍了写作契机；第二章是曹雪芹与伊藤漱平，介绍了曹雪芹和伊藤漱平的生平及成就；第三章是《红楼梦》在日本，论述了《红楼梦》在日本的流传与翻译、《红楼梦》对日本文学的影响以及伊藤漱平翻译《红楼梦》的始末；第四章是四次译本比较，从译本参考资料、译本内容、译本附录以及印刷板型这四个角度做了详尽的分析；第五章是伊藤译本之特色与成就，梳理和概括了伊藤漱平译本的翻译特色、译本的文史知识与贡献以及译本的语言表达方法；最后一章是结论，在以上四章分析的基础上重点归纳和阐述了伊藤漱平译本价值所

---

❶ 唐均，徐云梅. 论《红楼梦》三个日译本对典型绰号的翻译 [J]. 明清小说研究，2011（3）：137-150.

❷ 丁瑞滢. 红楼梦伊藤漱平日译本研究 [D]. 中国台湾：铭传大学应用中国文学研究所，2005：29.

在及其翻译贡献。该研究发掘并合理运用了大量的一手材料，全面地考察和研究了伊藤漱平本人以及伊藤漱平的《红楼梦》译本。研究内容涵盖了源文本作者、译本、译者的方方面面，研究方法缜密翔实，成为伊藤漱平《红楼梦》日译研究的标志性著作。继伊藤漱平、胡文彬以及孙玉明之后整理出的《红楼梦》流传史更完整更新颖，具有很高的学术价值。另外，该研究对于三次译本前后差异的分析和评价多角度多层次地展开，这也是前人未能做到的研究成果之一。但该研究也有期待完善之处：首先，从译本翻译分析的角度看，缺乏翻译学观察和分析的方法，因此尽管从源文本作者、译本、译者等方面作了扎实的研究，但于作者对此研究内在的学理机制并不明晰，造成章节之间的连贯稍显松散；其次，从对译本本身的研究角度来说，每个点所用语料缺乏一定的规模，说服力不足，并且缺乏与不同译者之间的横向比较，由此推断出伊藤漱平的翻译策略和翻译特色有以偏概全之嫌。另外，虽然在研究中涉及了读者，但却没有深入挖掘和分析读者的接受情况，这作为伊藤漱平《红楼梦》译本研究可以说是不完整的。

第三类是译本底本的研究。宋丹的《试论〈红楼梦〉日译本的底本选择模式——以国译本和四种百二十回全译本为中心》❶研究是一篇实力大作，填补了日译本底本研究的空白，为后来的研究者作此类研究打下了坚实的基础。该研究以《红楼梦》前80回的摘译本与四种120回全译本为研究对象，援引了大量的珍贵资料，逐一探讨了每一个译本底本的选择背景以及诸多影响因素，并得出《红楼梦》的日译本底本研究紧追中国国内红学研究的同时，并保持了自身

---

❶ 宋丹.试论《红楼梦》日译本的底本选择模式——以国译本和四种百二十回全译本为中心[J].红楼梦学刊,2015（3）:303-333.

特色的结论。宋丹评价说，这些译本反映了译者力图还原曹雪芹原作风貌，在译文和研究方面超越了前人的努力。该研究厘清了各个译本的底本状况，可以说为译本研究扫清了路障。另外，宋丹关注到译者身份对底本选择的影响，视角独特，值得参考。作为考证结论之一，宋丹认为："后来伊藤漱平对自己的译本进行了两次改译、两次修订，关于底本，都在各本的《解说》或《后记》里有明确交代。虽然他参照的版本是越往后越多，但前80回据俞校本，后40回据俞校本所附的程甲本的底本组合始终没变，由此可知伊藤漱平对俞校本是情有独钟。"❶这一结论在孙玉明和丁瑞滢的研究当中也有体现，对伊藤漱平的译本研究大有裨益。

（三）日本《红楼梦》研究

在完成我国对伊藤漱平红楼梦日译研究的考察之后，我们再看日本自身的红学研究状况，则会发现另外一种样貌。

伊藤漱平于1964年撰写的《红楼梦研究日本语文献资料目录》❷和1965年撰写的《红楼梦在日本的流传》❸完整详细地整理出了《红楼梦》在日本的流传始末，是研究《红楼梦》在日本流传研究的重要文献。2002年，孙玉明参照胡文彬的《〈红楼梦〉在国外》、伊藤漱平的《红楼梦在日本的流传》等

---

❶ 宋丹. 试论《红楼梦》日译本的底本选择模式——以国译本和四种百二十回全译本为中心[J]. 红楼梦学刊, 2015（3）: 303-333.

❷ 伊藤漱平. 红楼梦研究日本语文献资料目录[J].（大阪）明清文学语言研究会, 1964: 47.

❸ 伊藤漱平. 红楼梦在日本的流行[J]. 大安, 1965: 6-46.

论著也整理出了一份100多年来的红学研究目录，时间跨度为1892—2000年。2006年船越达志发表在《红楼梦学刊》第六辑上的论文《日本红学论文目录（1990—2006年）》❶在伊藤漱平研究的基础上对日本1990—2006年的日本红学目录作了整理。从这些书目中可以看出日本《红楼梦》研究"起步早，研究面宽"❷的特点。研究领域涉及主题思想、人物描写、版本流传、资料考据、语言文字等方方面面，体现出日本学者的《红楼梦》研究重考据的研究特质，同时，也可以注意到日本的《红楼梦》研究基本都是对源文本的研究，译本研究鲜见。而其中对源文本语言的研究随着时代的发展一度在《红楼梦》研究当中占据了较大的比重。以下就对日本《红楼梦》语言研究做一梳理，以此了解其大致脉络发展。

日本最早涉及《红楼梦》语言研究的是狩野直喜，20世纪初，他在《大阪朝日新闻》发表了自己的演讲笔记《关于明清小说〈红楼梦〉》，该文详细地论述了《红楼梦》的文学性及语言技巧。在这之前，《红楼梦》主要是作为学习语言的材料，并没有成为研究对象。战后，日本学界对《红楼梦》的研究逐渐增多，并开始呈现出繁荣的态势，到20世纪60年代初的10多年间，有关红学的论文近70篇，语言研究为数不多。其后，日本红学研究稳步上升，主题向语言方面倾斜。首先，以仓石武四郎为代表的语言学者强调对汉语的再认识，这使得《红楼梦》作为汉语教材受到大家的关注；其次，《红楼梦》多个译本的出现触发了学者们对《红楼梦》文本语言层面的思考；最后，加上以《红楼梦》为主要研究课题的大阪市立大学明清文学研究会和中国语学研究会的大力推动，《红楼

---

❶ 船越达志.日本红学论文目录（1990—2006年）[J].红楼梦学刊，2006（6）：309-312.
❷ 胡文彬.《红楼梦》在国外[M].北京：中华书局，1993（11）：25.

梦》语言研究发展势头迅猛，并从 20 世纪 60 年代中期持续到 90 年代初期。其中的代表人物是太田辰夫、绪方一男、宫田一郎、今井敬子等等❶。孙玉明编译的《日本红楼梦研究论著目录》一文对 1964—1993 年日本发表的红学论文作了统计，据此可知这 30 年间共有 142 篇红学论文发表，有的侧重文学方面、有的侧重曹雪芹家世生平、脂砚斋评语，但更多的则侧重语言文法方面，成果数量多达 46 篇，这一数字也印证了这一段时期日本红学语言研究的盛况。而从 1993—2006 年这 13 年间，日本学界共有 4 部红学相关著作，109 篇红学论文，其中与语言相关的研究占 16 篇。译本研究只有 1 篇，是丸山浩明撰写的有关伊藤漱平《红楼梦》新译本的述评❷。而根据日本数据库 CiNii 提供的数据显示，从 2006 年 1 月到 2015 年 10 月这 9 年间，《红楼梦》研究的论文数量达到 156 条，语言研究 15 篇，其中仅有两篇关于红学翻译的研究，但值得关注的是这两篇研究都有中国年轻学者参与其中。

伊藤漱平在这一时期的红学研究成果卓著。从 1954 年第一篇论文发表到 1986 年伊藤漱平退休之时，伊藤漱平发表了近 50 篇有关红学的文章，这些论文研究涉及红学的各个方面，不仅在数量上超过了日本其他红学家，在质量上也都具有较高的学术价值。伊藤漱平主要的关注对象是曹雪芹的家世生平、脂砚斋评语、版本研究等，只有两篇谈到了红学翻译❸。

---

❶ 梁杨, 谢仁敏.《红楼梦》语言艺术研究 [M]. 北京：人民文学出版社，2006（10）：89.

❷ 丸山浩明.《红楼梦》介绍 [J]. 伊藤漱平，译. 二松学舍大学人文论丛，1998（61）：102.

❸ 伊藤漱平. 二十一世纪红学展望——一个外国学者论述《红楼梦》的翻译问题 [J]. 红楼梦学刊，1997（1）.

（四）日本《红楼梦》日译本研究现状

由上可知，日本对《红楼梦》源文本的研究❶已经多角度多侧面地展开，并且成果斐然。相比之下，日本学界有关日译本的翻译研究却凤毛麟角，这与其拥有《红楼梦》译本总数居世界首位的现状极不匹配。"在我国，特别是近代以来罕见地以极大的热情做了大量的翻译工作，但同时对于翻译自身的方法以及意义等方面的理论研究却很匮乏"❷，日本著名翻译理论家柳父章对日本翻译研究现状的描述切中肯綮。翻译理论研究力量的匮乏，是造成现有译本数量与译本研究比例失衡的外部原因之一；除此之外，《红楼梦》一直以来被当作教科书，日本学界研究《红楼梦》的主要目的还是为了学习汉语，这也是造成译本研究不被关注的另一个原因；此外，翻译《红楼梦》的都是日本知名的汉学家，而对德高望重的专家学者的译文进行评价，从某种意义上有悖于日本的社交文化。因此尽管日本的红学研究成果丰厚，并且与中国的红学研究保持了很好的互动，但对译本的研究始终没有得以开展就源于以上几个原因。仅有的几个研究虽然数量少，但对本研究来说是非常重要的参考文献，因此下文按照时间先后对其作一番简单介绍。

伊藤漱平的《二十一世纪红学展望一个外国学者论述〈红楼梦〉的翻译问题》❸是伊藤漱平在1997年北京国际红楼梦学术研讨会上宣读的一篇文章，

---

❶ 根据孙玉明《日本红学史稿》附录二的资料，笔者统计得出截止到2000年5月，日本《红楼梦》研究论著达到296篇，但基本都是《红楼梦》本体研究或日汉语言对比角度的研究。

❷ 柳父章.日本の翻訳論―アンソロジーと解題[M].东京：法政大学出版局，2010（9）：18.

❸ 伊藤漱平.二十一世纪红学展望——一个外国学者论述《红楼梦》的翻译问题[J].红楼梦学刊，1997（S1）：16-29.

也是伊藤漱平日译本研究的一篇重要文献。文中伊藤漱平谈到了自己翻译《红楼梦》时的一些背景情况，还重点总结了霍克斯和松枝茂夫的《红楼梦》翻译成就。虽然文中没有涉及具体的翻译策略和翻译理念，但从文中史料可以得知伊藤漱平对《红楼梦》研究的执着精神、对霍克斯和松枝茂夫翻译成果的高度评价。另外他们之间亲密的学术交往等经历也都为伊藤漱平翻译研究提供了宝贵的佐证材料。

中国学者黄彩霞和日本学者寺村政男以《国译红楼梦》为主要研究对象，兼与其他6个全译本（包括松枝茂和伊藤漱平的两次改译本）进行对比，考察了前八十回章回翻译在日本的解读和接受情况❶。该研究认为大正时期的《国译红楼梦》已经有了很高的白话理解水平，对以后的译本翻译产生了很大的影响，尤其对松枝茂夫的初译本影响最大。该研究首先考察了因底本不同而造成译本的不同之处，并在此基础上抽取了人称翻译以及部分文化专有名词的翻译语料展开分析。回目语料翔实、有代表性，另外通过描述性的手法对6个版本进行对比研究，也对凸显《国译红楼梦》的特色起了很好的映衬作用。

青年学者森中美树从1998年起写了一系列关于《红楼梦》中关于"花"的论文，包括海棠、梅花、桃花。其于2010年撰写的《日本全译〈红楼梦〉的历程简述——平冈龙城〈国译红楼梦〉与白话翻译》一文涉及翻译研究，论证了平冈龙城所译《国译红楼梦》翻译前后过程，提出平冈版本尽管出现了很多的瑕疵，但是他尝试用口语体翻译白话汉文，这在不被认可的特殊年代做出的打破现状的努力确实值得后人纪念，并认为平冈龙城所译《国译红楼梦》"是反

---

❶ 黄彩霞，寺村政男.『紅楼夢』回目の翻訳から見た日本における『紅楼夢』の受容:『国訳紅楼夢』を中心に [J].大东文化大学语学教育研究论丛，2014（31）：77-98.

映《红楼梦》在日本传播过程的一面镜子,是日本白话翻译史上的文言文与口语体间的一座桥梁"❶;另外,该研究的另一个成果是对汉文训读对翻译影响的考察。森中美树的观点是明治中期以后发生的关于汉籍译文文体的论争影响了《红楼梦》全译本在日本的问世。这一观点无疑很有创新性,值得沿着这条路径继续挖掘探索。

总体而言,不论是国内还是国外,首先,对伊藤漱平《红楼梦》日译本本身的研究力量就相当薄弱,研究成果也很少;其次,仅有的研究还停留在"忠实原著与否"的二元论阶段,对译本整体存在方式的描述和阐释缺乏力度,缺乏翻译学和其他相关学科新的研究方法和研究思路的介入和观照。另外,对于这一学术领域当中的一些重要问题,比如说伊藤漱平《红楼梦》译本的文体问题,读者接受度等问题缺乏必要的关注。正如杨伟所说,"日汉翻译研究与当代译学理论最新成果之间还缺乏紧密的有机联动性,以至于不少论文的研究视野和方法还停留在多年前的水平上,要么因袭传统的主观印象式批评,或者陷入日汉对译的简单语义研究,真正意义上的描述研究和语料库研究还处于起步阶段,即便是具有文化研究视野的论文,不少也还流于实验性和表皮性,缺乏文化研究的广度和深度,以及敏锐的问题意识,而跨学科的综合研究成果更是凤毛麟角"。❷ 如何与发端于西方的现代译学理论接轨,使译学理论真正地融入文本,还有漫长的路要走。

---

❶ 森中美树.日本全译《红楼梦》的历程简述——平冈龙城《国译红楼梦》与白话翻译[J].华西语文学刊,2010(2):114.

❷ 杨伟.2013—2014年日汉翻译研究综述[J].日语学习与研究,2014(4):39.

三、译者、译本及底本情况

（一）关于译者伊藤漱平

1. 伊藤漱平生平

伊藤漱平于大正14年（1925年）生于日本爱知县碧海郡新川町一个书香门第。他的父亲是位学者，酷爱中国书法，崇尚宋明理学，对中国文化有很深的造诣。所以伊藤漱平在少年时代就对中国文化就萌发了浓厚的兴趣。中学时代，他已能熟练地背诵和书写不少唐诗和宋词。❶昭和18年（1943年）4月，伊藤漱平进入东京第一高等学校就读，师从竹田复教授、佐久节讲师等学习汉语。在课余时间，他还学习了初级汉语、书法以及汉诗朗读。这些中文学习都为伊藤漱平从事《红楼梦》翻译和研究奠定了坚实的基础。实际上，当时正值第二次世界大战之际，日本社会上普遍存在着"文科无用论"的思想，因此选择以文科为重的第一高等学校学习在当时是需要勇气的。可以看出由于幼时家庭的熏陶和自身对中国文化的兴趣，伊藤漱平很早就开启了汉学研究的生涯。昭和20年（1945年）伊藤漱平进入东京帝国大学文学部明清哲文学科学习，在松枝茂夫和增田涉两位教授的影响下接触到《红楼梦》，并为其强大的魅力所吸引，从此正式走上了《红楼梦》研究之路。昭和24年（1949年），伊藤漱平从东京大学中国文学科毕业，毕业论文是《红楼梦札记——关于曹霑与高鹗》。同年

---
❶ 高凤胜.伊藤漱平和中国文化[J].人物春秋，2007（5）：28.

4月,进入东京大学研究所从事《红楼梦》研究,并师从仓石武四郎教授、长泽规矩也讲师、藤堂明保讲师等学习汉语、中国文学等。东京大学向来注重文献解读,文字训诂等方面能力的培养,这些都为日后伊藤漱平从事《红楼梦》研究打下了坚实的基础。同年8月,伊藤漱平从东京大学研究课退学后入职北海道大学,授课之余旁听了奥野信太郎的中国艺术史以及增田涉与竹内好的"鲁迅研究"等课程。可以说在北海道大学任教的六年成了伊藤漱平红学研究最重要的准备期,他在此深入积累了丰富的经验与学识,无论是在研究方面还是翻译方面都取得了丰硕的成果。昭和30年4月(1955年),伊藤漱平来到岛根大学任副教授,旁听了兵一卫讲师的中国戏剧史,并于此时伊藤漱平开始着手《红楼梦》的翻译工作。昭和35年(1960年),伊藤漱平辞去岛根大学的职位,先后担任大阪市立大学副教授、北海道大学教授,教授中国文学课程。昭和52年4月(1977年),再由北海道回到东京大学文学系授课。❶伊藤漱平执着于中国文化的钻研,他不仅从旁听名家授课中积累了教学经验,还通过参加各种学术交流活动提升了在学界的地位,他在学术上的努力也为《红楼梦》的翻译奠定了基石。

从东京大学退休后,伊藤漱平受聘于东京二松学舍大学担任校长,致力于《红楼梦》的研究、翻译及普及工作。平成14年(2002年)4月,因在该领域的杰出贡献,他还获得了文部科学省授予的"勋三等旭日中绶赏"。

此外,在东京大学任教期间,伊藤漱平还参与了国际红学界的学术活动。如昭和55年(1980年)3月,伊藤漱平作为副团长,参加了由松枝茂夫担任团

---

❶ 伊藤漱平.教授退官纪念[M].中国学论集,东京:汲古书院,1986(3):3.

长的日本中国文学学者访问团，来中国进行了为期两周的访问。当时伊藤漱平就感慨地说："过去只是就《红楼梦》翻译《红楼梦》，通过这次访问，看到了曹雪芹时代的不少实物，有了实感，这对我理解和翻译《红楼梦》很有帮助。今后如有可能，我准备第三次翻译《红楼梦》，并且争取翻译得更好一些。"❶ 同年6月，伊藤漱平又受邀赴美参加了威斯康星大学举办的"第一届国际《红楼梦》研讨会"，并发表了《漫谈日本〈红楼梦〉研究小史》。

伊藤漱平成为国际著名红学家，这源于他长年的勤奋努力。自1954年10月发表第一篇红学论文《试论曹霑与高鹗》之后，他在此后50年来几乎从未间断过对《红楼梦》的研究和翻译工作，发表红学文章近50篇，范围涉及有关红学的方方面面。他往往就一个问题先后撰写多篇文章，不断加入红学界的新成果、融入自己的新思考，使结论更为严谨。❷ 对日本红学的发展和近况，他也做了很多史料性的整理工作。1964年，为纪念曹雪芹逝世二百周年，他将1794年以来的日本红学研究成果整理为《〈红楼梦〉研究日文文献资料目录》。1965年，他又撰文介绍了《红楼梦》在日本的传播情况，具有重要的史料价值。伊藤漱平于晚年出版了《伊藤漱平著作集》，5卷中有3卷是有关《红楼梦》的论著。总体而言，伊藤漱平的红学研究集中在以下三个方面：一是关于《红楼梦》的作者、批者研究，代表论文有《试论曹霑与高鹗》（1954年）、《关于脂砚斋与脂砚斋评本之备忘录（1~4）》（1961—1964年）、《论曹雪芹晚年的"佚著"——围绕〈废艺斋集稿〉等真伪问题的备忘》（1979年）等。伊藤漱平求索了40余载，走过迂回曲折的探究之路，最后提出"曹雪芹棠

---

❶ 《红楼梦学刊》记者. 日本红学家松枝茂夫、伊藤漱平应邀访华 [J]. 红楼梦学刊, 1981（3）: 172.

❷ 孙玉明. 伊藤漱平的红学成果 [J]. 红楼梦学刊, 2005（1）: 259.

村（脂砚）双子说",这一结论新颖别致,引起学界瞩目。二是关于《红楼梦》的成书及版本。代表论文有《关于七十回本〈红楼梦〉的假设——脂砚斋本成书史上的一个问题》(1992年)、《程伟元刊〈新镌全绣像红楼梦〉小考》(1973年)、《程伟元刊〈新镌全绣像红楼梦〉小考补说》(1977年)、《程伟元刊〈新镌全绣像红楼梦〉小考余说》(1978年),这些文章对程高本《红楼梦》及续作者高鹗、程伟元的生平提出的见解都是基于伊藤细读各版本批语之后小心求证的结果。著名汉学家田仲一成对伊藤漱平在红学研究方面的成就高度评价:"伊藤先生对于《红楼梦》各种批语的考证,其精密程度有时超越中国学术界的前人的成就,日本红学的学术水平由此得以提升,为后来者打下了极为坚固的基础。"❶ 三是关于《红楼梦》在日本的传播。代表论文有《漫谈日本〈红楼梦〉研究小史》(1980年)、《红楼梦在日本的流传——江户幕府末年至现代》(1989年)、《曲亭马琴与曹雪芹——对比日中两代小说家而论》(1994年)等。这些成就已成为后人研究的重要参考,具有很高的权威性和不可替代性。

《红楼梦》的翻译引发了伊藤漱平对更多问题的思考,而《红楼梦》的研究又为更好地传递源文本的意境提供了绝好的条件。两者互相促进,相得益彰,结出了丰硕的果实。"可以毫不夸张地说,伊藤先生为国际学术界提供了一个如何从事文学翻译及文学研究的成功典范。"❷

---

❶ 田仲一成.伊藤漱平教授的生平与学问[J].国际汉学研究通讯,北京:中华书局,2010(3):223. 这是田仲先生对伊藤先生的褒奖之言,具体有待考证。

❷ 潘建国.求红索绿费精神——日本汉学家伊藤漱平与中国小说《红楼梦》[J].国际汉学研究通讯,2010(1):240.

2. 伊藤漱平的双语能力及人格特质

一个译者只有具备了高超的双语驾驭能力和掌握了广博的双文化背景才可以做好翻译工作，也就是说需要译者的双语文化能力。译者的双语文化能力是指译者在翻译这项跨文化交际活动中所特有的、对源语文化和译语文化之间差异性的敏感度，以及阐释文化差异、调节文化冲突的能力。❶译者的双语文化能力越强，对源文本信息的提取越准确自如；反之则有可能误读原作，曲解原意。尤其是对于《红楼梦》这样的鸿篇巨制，对译者的挑战可想而知。"翻译难，尤其是翻译《红楼梦》这样的名著更难。这不仅是由于《红楼梦》本身因具有百科全书的性质要求译者具有丰富的知识和深厚学力，更由于牵涉到不同文化背景和语言习惯。"❷

伊藤漱平正是一个拥有双语言、双文化能力的佼佼者。作为汉学家，伊藤漱平的中文功底非常人所能企及。不仅如此，在爱好书法、文学、艺术的父亲的熏陶下，伊藤漱平对中国的书法、诗歌、绘画、古籍、文物等都有很深的研究。袁行霈对他的中国文化修养赞赏有加，认为其"文字流畅典雅，书法遒劲妩媚"，汉诗"颇有造诣""中国文化修养超轶"。❸袁行霈在日期间常与伊藤漱平诗词唱和。并诗后附跋："步袁春澍仁兄见赠《咏锦秋湖》诗韵。甲戌秋我亦游锦秋湖，西畔有五贤祠，新城乡人祀乡贤。可惜文简公薨后几三百年矣，仍未见

---

❶ 仲伟合，周静．译者的极限与底线——试论译者主体性与译者的天职 [J]．外语与外语教学，2006（7）：44.

❷ 赵建忠．红学管窥 [J]．长春：吉林人民出版社，2001．

❸ 袁行霈．愿他的灵魂进入佛国——悼念伊藤漱平教授 [J]．国际汉学研究通讯，2010（4）：211．

加贻上，甲戌孟冬，春澍词兄光临寒斋，因录拙作奉酬。"❶

由此可见，伊藤漱平的中文造诣非常高深，拥有如此超群的中日文驾驭能力以及雄厚的红学研究背景，伊藤漱平所译的《红楼梦》可以推测一定会有常人无法企及的独特之处。他这样的才华也得到了老师松枝茂夫的首肯，松枝茂夫在自己因故无法翻译《红楼梦》时举荐了伊藤漱平，这足以证明松枝茂夫对伊藤漱平翻译《红楼梦》能力上的认可和信任。作为红学家的伊藤漱平在对《红楼梦》的一次次的考证中完善和加深了对《红楼梦》的了解，而这些新的成果又通过翻译的形式得以展现。

伊藤漱平一生治学严谨，不断求索。他的师弟尾上兼英这样评价在东大读书期间的伊藤漱平："远远地望着在昏暗的研究室一角默默地沉浸在读书当中的伊藤漱平的身影，让我感到他身上有一圈炫目的光环。"❷ 在第一次着手翻译《红楼梦》时，为了集中精力于翻译工作，"先生将夫人和刚出生的女儿送到自己家乡爱知县，孤身一个人留在松江，青灯古卷，精益求精"❸。在第三次翻译《红楼梦》时，伊藤已经是72岁的高龄，但依然笔耕不辍。四十载三译《红楼梦》，四十载求索曹雪芹的身份问题，他一直孜孜不倦地追求学问上的尽善尽美，为后人树立了一座精神丰碑。对于伊藤漱平的求真精神，孙玉明这样评价道："伊藤漱平在就某一个问题发表文章后，一旦出现了新的材料，他就会及时补充并修正自己以前的说法。正因如此，所以他往往喜欢抓

---

❶ 袁行霈.愿他的灵魂进入佛国——悼念伊藤漱平教授[J].国际汉学研究通讯，2010（4）：213.

❷ 伊藤漱平教授退官纪念中国学论集刊行委员会.伊藤漱平教授退官纪念中国学论集序[M].东京：汲古书院，1986（3）：2.

❸ 田仲一成.伊藤漱平教授的生平与学问[J].国际汉学研究通讯，北京：中华书局，2010（3）：218.

住一个问题求索到底，不找到符合实际的正确答案誓不罢休。这种执着的治学精神，委实令人感佩。"❶甚至到了80岁的高龄，伊藤仍然为了普及和传播《红楼梦》去日本各地举办讲座，可以说伊藤漱平把毕生的精力都献给了《红楼梦》。

（二）译本、底本及三次改译情况

伊藤漱平的《红楼梦》译本一共有5种版本：1958年全集本、1963年普及本、1969年大系本、1973年奇书本、1996年Library本。1958年全集本出版后，伊藤漱平改译了三次，分别是1969年大系本、1973年奇书本、1996年Library本。从1958年全集本到1996年Library本，其内容和版式都发生了很大的变化。本研究将把1996年Library本作为主要研究对象，1958年全集本、1973年奇书本作为辅助对比对象展开考察。

1958年全集本分精装上、中、下3册，由平凡社作为30卷本"中国古典文学"中的第24卷、第25卷、第26卷出版发行。上册出版于1958年12月，内容包括前35回；中册出版于1959年10月，内容为36回至80回；下册出版于1960年12月，内容包括后四十回。上册在目录后，列出了贾家主要人名表，并注明该书又名《石头记》，系曹霑所作。册末有"解说""大观园图""贾氏世系图""荣国府府内想象图""恭王府平面图"等附录。全书插图138幅，均取自程甲本（1791）、王希廉评本、改琦《红楼梦图咏》。下册则注明了高鹗补作。

---

❶ 孙玉明.伊藤漱平的红学成果[J].红楼梦学刊，2005（1）：271.

第一章 绪　　论

1963 年 2 月，平凡社再版了该译本的改订普及版。

1973 年奇书本修改于 1970—1972 年，是伊藤漱平在 1958 年全集本的基础上做的一次全面修改，修改内容包括所注意到的错误和不当之处，❶并作为平凡社 60 卷本《增订中国古典文学全集》的第 44 卷、第 45 卷、第 46 卷再版。上、中、下三册出版于 1973 年 5 月，每一册各包括 40 回的内容。另外，人名表也作了部分细节上的改动，人物描述更准确。册末增加了"解说后记"，交代了 1958 年全集本之后新的红学研究进展，包括对曹雪芹的考证、书中人物考证以及对高鹗的相关考证。

1996 年 Library 本是伊藤漱平第三次改译《红楼梦》的成果体现，对前一版的译文译注以及解说都进行了修改。该版本共 12 册，由平凡社发行。每一册 10 回，制作精美。尺寸比文库本稍大，便于读者携带和阅读。扉页设计华丽，有宫廷之风，内容简介文字凝练唯美。短的译注插入文中，而长的译注则放到了册末，这样既不影响阅读，又满足了希望深入了解注释内容的读者群的需求。"解说"分别放在了第 1 册、第 8 册、第 9 册、第 12 册的册末，第 1 册全面翔实，其他各册是对第 1 册内容的补充。从内容上看，第 1 册册末"解说"重点介绍《红楼梦》版本及成书背景；第 8 册册末"解说"涉及作品构成以及后 40 回内容的分析；第 9 册册末"解说"主要是关于原作和续作的问题；第 12 册册末论述的则是《红楼梦》的影响及接受。第 1 册"解说"之后另辟一页附上了"给读者的话"，作为对第 1 册"解说"的补充。内容包括与前版不同之处的说明、三次改译大致情况。

---

❶ 曹雪芹.《紅樓夢》奇書シリーズ（解說補記）[M]. 伊藤漱平，译. 东京：株式会社平凡社，1973（5）：588.

伊藤漱平的五种译本前 80 回均是以俞校本，后 40 回均是以俞校本所附的程甲本为底本，并参照各种脂砚斋注本和程伟元注本翻译而成。❶孙玉明❷和宋丹❸的研究中对此也有提及。

本研究把伊藤漱平最后一个版本 1996 年 Library 本作为主要研究对象，主要有以下两点考虑：其一，1996 年 Library 本是 1997 年校正完成的最后一个版本，该版本集前二次改译之精华，具有更高的研究价值。其二，此译本也是目前流通最为广泛，在《红楼梦》译介史上产生了很大影响力的版本。同时，也将内容上和形式上变化较大的 1958 年全集本、1973 年奇书本作为辅助参考，展开比较，底本采用 1993 年人民文学出版社出版、俞平伯校订、王惜时参校的《红楼梦八十回校本》，与伊藤漱平参照的版本保持一致。并且在分析和论证过程中，与井波陵一译本❹进行横向比较。

---

❶ 参照伊藤漱平的每一版"凡例"以及"解说""解说后记"。

❷ 孙玉明. 伊藤漱平的红学成果 [J]. 红楼梦学刊，2005（1）：259.

❸ 宋丹. 试论《红楼梦》日译本的底本选择模式——以国译本和四种百二十回全译本为中心 [J]. 红楼梦学刊，2015（3）：308.

❹ 井波陵一翻译的《新译红楼梦》于 2013 年 9 月至 2014 年 3 月相继在岩波书店出版，是京都大学人文科学研究所所长井波陵一教授历经 15 年翻译的 7 卷本。前 80 回以庚辰本（《脂砚斋重评石头记》，中华书局香港分局，1977 年影印本）为底本，后 40 回以程甲本为底本（《红楼梦》，书目文献出版社，1992 年影印本）。庚辰本所缺的第 64 回、第 67 回基本根据程甲本翻译。该译本是近期出版的全译本，并于 2015 年 2 月获得读卖文学奖的研究翻译奖。因为是近期翻译的著作，带有明显时代印记，对研究伊藤的三个版本起到了很好的参照作用。

四、研究内容与研究方法

（一）研究内容

本研究以阐释学、描述性翻译研究为基本理论依据，立体地、系统地考察伊藤漱平对《红楼梦》文本的阐释及其视域不断深化的过程，以期揭示其翻译策略以及促使其采取此种翻译策略的社会文化等内外因素。在论证过程中建立章回、隐喻等小型语料库，将定量研究与定性研究相结合，对影响翻译研究的重要因素，包括源文本、译者、译文本、读者逐一进行考察，从多个侧面展开由表及里的深入研究，希望以此折射和再现出伊藤版《红楼梦》日译的翻译特色。

本研究希望解决以下问题：伊藤漱平是如何翻译《红楼梦》的？伊藤漱平三易其稿背后有何种翻译理念作支撑？译本的演化路径是什么？伊藤漱平的《红楼梦》翻译理念及翻译特色是什么？这样的翻译理念与时代背景之间有何动态关系？译本的接受情况如何？

正文共九章：第一章是绪论。提出伊藤漱平版《红楼梦》日译的研究意义、国内外研究现状、研究内容与研究方法。第二章是伊藤漱平版《红楼梦》回目翻译研究。从"こと（ko-to）"体和"振假名"入手，论证其章回回目翻译的主要特征。并结合语料，描述三个版本回目翻译的演化路径。第三章是隐喻翻译研究。建立伊藤漱平三个译本隐喻语料库，并在此基础上归纳出伊藤漱平《红楼梦》日译本隐喻翻译策略类型以及各自所占比例，由此以点带面辐射到译者译本的翻译特色。第四章是注释翻译研究。该章节从文外注释和文内注释两个角度详细分析了伊藤漱平译本的注释特色，同时，又对伊藤三个版本的注释改译情况作了考察。第五章着重分析了王熙凤人物语言风格以及伊藤漱平《红楼梦》翻译文体特色，同时考察了三个版本的演化痕迹。第六章对伊藤漱平《红楼梦》日译本"逐语译"特征展开论证，并探讨"逐语译"与"日本式翻译范式"形成之间的动态关系。第七章考察了《好了歌》的译文，并提出建立翻译度标准的必要性。第八章通过考察伊藤《红楼梦》日译本中阐释间距的意识、逐步"雅化"的局部以及对文眼的阐释，概括出其阐释特征。第九章归纳全文的研究成果，探讨伊藤版《红楼梦》在日本的接受情况，并简述本书的局限性和下一步研究目标。

（二）研究方法

本书将阐释学翻译理论作为最重要的理论支撑，将定量研究与定性研究相结合，尽量避免"非此即彼"的二元论论证方式。阐释学提倡文本的开放性和解释的不可穷尽性，"诠释学（阐释学）和接受美学思想在翻译中的应用，不仅改变了我们对翻译本质的看法，而且从根本上改变了传统译论所采取的非此即彼，非对即错，非好即坏的定向思维模式，使我们能够用一种宽容和开放的心态来看待翻译，并正确地认识翻译在文化构建过程中所发挥的巨大作用。"[1]

---

[1] 朱健平.翻译：跨文化解释——哲学阐释学和接受美学模式[M].长沙：湖南人民出版社，2007：17.

第一章 绪 论

"翻译即解释"。阐释学是探求意义理解和解释的理论,尽管阐释学在不同发展时期其内涵也在不断演变,但"翻译即阐释"作为一个命题其表述随处可见,已经成为翻译界广为接受的一个概念。在翻译过程中,译者既是源文本的读者,同时也是解释者,翻译实际上就是一种解释。其次,在翻译过程中,译者视域与源语文本视域相遇,产生了第一次视域融合,融合之后形成的新视域与目的语文化相融合,每一次融合都不同于前一次,是对原视域的超越。视域融合是伽达默尔哲学阐释学的核心概念。"所谓视域融合就是过去的视域(或曰历史视域)与现在的视域互相融合的过程。视域融合的结果是形成了一个新的视域,这个新的视域既不同于文本原有的视域,也不同于解释者原有的视域,而是对文本视域和解释者视域的某种超越。"❶ 不仅如此,视域融合还发生在其他层面,如解释者与文本生产者、新文本与文本信息接受者之间,并且处于动态的、不断融合之中。伊藤漱平三次改译红楼梦,其翻译过程正是一次次视域融合不断深化的过程。

描述性翻译研究是本书的主要研究方法。描述性翻译研究关注的基本问题是:是何种因素促使译者选中了翻译此篇著作?在翻译中是何种因素促使译者选择了这样的翻译策略?译文对译入语文化有何种影响?基于此,人们研究的视野不再局限于微观层面上的源文本和译文本的对照,而是把译文文本置于其产生的社会历史文化语境当中去考察。在描述性翻译理论研究之下,研究者不操纵研究背景,事先不带有任何预设,也不对研究结果做出任何制约,而是描

---

❶ 朱健平. 翻译:跨文化解释——哲学途释学与接受美学模式[M]. 长沙:湖南人民出版社,2007:118.

述和分析在自然发生状态下的各种翻译现象和行为❶，具有明显的实证主义特征。归纳分析、个案研究、动态分析是描述性翻译研究经常采用的研究方法。本书将在多个环节采用"描述性翻译"的研究方法。但正如学者们所指出的那样，规定性翻译研究对于规范研究必不可少。描述性翻译研究和规定性研究二者之间应该是相互补充、相互支撑的关系。因此，在本书中尽管采取以描述性研究为主的模式，但不排斥规定性研究。

五、本书的创新之处

伊藤漱平译《红楼梦》是日译本中的优秀之作，受众面广，但无论是国内还是国外，对伊藤漱平《红楼梦》日译本的研究力量薄弱，研究成果少；其次，仅有的研究大都停留在"忠实不忠实"的二元论阶段，对译本整体存在方式的描述和阐释缺乏力度，缺乏翻译学和其他相关学科新的研究方法和研究思路的观照。本书对伊藤漱平《红楼梦》三个日译本以及井波陵一《新译红楼梦》展开文本细读，并在此基础上建立了章回、隐喻等语料库。进而采取定量和定性分析的方法，对伊藤漱平日译本进行了立体化、系统性梳理与研究。兼与井波陵一版本进行横向比较也是本书特色之一。本书不仅揭示了伊藤漱平《红楼梦》日译的特点，同时对"逐语译"与伊藤漱平《红楼梦》译本之间的关系，以及"逐语译"对日本近代翻译观形成之间的动态关系也进行了探索性研究。在研究方法上扎根于文本，运用语料切实地展开译文分

---

❶ 姜秋霞. 翻译研究实证方法评析 [J]. 中国翻译，2005（1）：23.

析，注重译本内涵的阐发和翻译理论对翻译活动的解释力，尝试解决翻译理论与翻译活动游离的状态。

　　本研究对伊藤漱平《红楼梦》日译本的各个侧面进行系统性梳理，并在此基础上概括总结出伊藤漱平《红楼梦》翻译特色。这不仅可以立体式地展现红学大家伊藤漱平的翻译成就，拓展该领域研究，同时也为中华文化对外传播研究提供了新的探索路径。

第二章　伊藤漱平《红楼梦》
回目翻译研究❶

一、引言

与回目字数不统一的传统长篇章回小说不同,《红楼梦》中的八言回目在形式上对仗工整、音韵优美;在内容上语意凝练、中心突出,是小说重要的组成部分,再造了中国古典小说回目新的审美形态。俞平伯盛赞其"笔墨寥寥每含深意,其暗示读者正如画龙点睛破壁飞去,岂仅综括事实已耶"❷,对《红楼梦》章回回目的点睛作用作了很好的概括。

然而要通过翻译,让目的语读者也能够体会章回文字的凝练与美感却非易事。吕叔湘在《翻译工作和"杂学"》中对译者必备素养作了如下描述,认为译

---

❶ 本文刊发在 2017 年《红楼梦学刊》第 6 期中,收录本书时做了适当修改。

❷ 俞平伯. 俞平伯点评红楼梦 [M],北京:团结出版社,2004:287.

第二章　伊藤漱平《红楼梦》回目翻译研究

者要"对于原文有彻底的了解，同时对于运用本国语文有充分的把握"，并且要有"上自天文，下至地理，人情风俗，俚语方言，历史上的事件，小说里的人物，五花八门，无以名之，名之曰'杂学'"❶的素养。作为日本红学界泰斗的伊藤漱平不仅"文字流畅典雅，书法遒劲妩媚"，汉诗"颇有造诣"，"中国文化修养超轶"❷，而且对中国的绘画、古籍、文物等中国文化都研究颇深。袁行霈在日期间常与伊藤漱平诗词唱和，并至今还珍藏着伊藤漱平相赠的七绝一首：

锦湖秋晓雾茫茫，鼓棹周游水见章。

乡祀五贤犹阙一，山人幻化几星霜。❸

由此可见伊藤漱平的中文造诣非同一般，孙玉明高度评价说："无论是《红楼梦》的翻译还是研究方面，在日本红学史上，（伊藤漱平）都是用力最勤成就最大的一个。"❹"可以毫不夸张地说，伊藤先生为国际学术界提供了一个如何从事文学翻译及文学研究的成功典范。"❺《红楼梦》的研究为伊藤漱平更好地传递源文本的意境提供了绝好的条件，而《红楼梦》的翻译又引发了他对更多问题的思考。红学大家兼翻译家伊藤漱平是如何对《红楼梦》进行翻译和阐释的？本章将把具有独特语言魅力和形式特征的章回回目作为研究对象展开论证，并将在章回译本语料的基础上，对其三次改译痕迹展开对比和描述，以此概括和归纳出伊藤漱平《红楼梦》章回翻译所采取的翻译策略和演化过程，并探究形

---

❶ 罗新璋，陈应年.翻译论集[M].北京：商务印书馆，2009.

❷ 袁行霈.愿他的灵魂进入佛国——悼念伊藤漱平教授[J].国际汉学研究通讯，2010：213.

❸ 袁行霈.愿他的灵魂进入佛国——悼念伊藤漱平教授[J].国际汉学研究通讯，2010：211-213.

❹ 孙玉明.日本红楼梦研究略史[J].红楼梦学刊，2006（5）：233.

❺ 潘建国.求红索绿费精神——日本汉学家伊藤漱平与中国小说《红楼梦》[J].国际汉学研究通讯，2010（1）：240.

成这一翻译策略的背景原因。

在目前对《红楼梦》章回回目翻译的研究中,英译本的研究成果不断涌现,有若干硕士论文和代表性论文问世。其中刘泽权、王若涵的《王际真〈红楼梦〉节译本回目研究》❶是一篇力作。该研究认为王际真的回目翻译体现了高度凝练的叙事性,为回目英译提供了一种值得借鉴的方式。其他语种中,韩国学者崔溶澈的《韩文本〈红楼梦〉回目的翻译方式》❷对韩译本《红楼梦》回目翻译全貌作了细致的梳理。但到目前为止,《红楼梦》日译本章回回目研究基本空白,更谈不上有代表性的研究。当然这与《红楼梦》日译研究整体不足有很大的关系。

二、伊藤漱平《红楼梦》回目翻译策略

(一)添加后缀"のこと(no-ko-to)"或"こと(ko-to)"

伊藤漱平《红楼梦》译本章回回目从形式上来看,句尾添加后缀"こと(ko-to)"和训读体是其主要特征。

考察伊藤译本不难发现其章回部分上下两句的句尾都添加了形式名词"のこと(no-ko-to)"或者是"こと(ko-to)"。其中1958年全集本使用的是"のこと(no-ko-to)",而改译后的1973年奇书本整篇改动为"こと(ko-to)"。

---

❶ 刘泽权,王若涵. 王际真《红楼梦》节译本回目研究 [J]. 红楼梦学刊,2014(1):306.

❷ 崔溶澈. 韩文本《红楼梦》回目的翻译方式 [J]. 红楼梦学刊,2010(6):268.

比如《红楼梦》第一回：

甄士隐梦幻识通灵　贾雨村风尘怀闺秀

1958 年全集本

第一回章回回目

甄士隠（しんしいん）夢にて通霊玉を知るのこと

貫雨村（かうそん）浮世にて佳人を思うのこと

1973 年奇书本

第一回章回回目

甄士隠（しんしいん）夢路に奇（くす）しき玉を見しること

貫雨村（かうそん）　浮世に妙（たえ）なる女を恋うること

据笔者的考察，《红楼梦》日译本全译本中只有伊藤版本采用了添加后缀"こと（ko-to）"的译法。关于"こと（ko-to）"的用法，《日本国语大辞典》解释如下："こと【言・辞・詞】名詞（「事」と同語源か）①話したり語ったりすること。言語行為。（略）"由此解释可以看出，"こと（ko-to）"可以用汉字"言""辞""詞""事"表示，意即所述说的内容。"こと（ko-to）"的使用，有其历史渊源。早在《今昔物语集》中，标目之末均会缀一"語"字，李小龙认为是"日本说话艺术在标目方面的反映"，❶ "也是早期模仿章回小说时的日本

---

❶ 李小龙. 中国古典小说回目研究 [M]. 北京：北京大学出版社，2012：390-391.

化表现。"❶另外，在日本"读本之祖"都贺庭钟（1718—1794年）的读本小说集中，其原目之后也同样存在日本特有的后缀"話""事"。❷在近代以及明治初期的一些日本小说标题当中也可以看到添加后缀"こと（ko-to）"的用法，都可以认为是日本通俗小说的传统。伊藤译本回目中的"こと（ko-to）"与此类同出一辙，是日本通俗小说的传统在译文本中的体现。因此，伊藤漱平在《红楼梦》章回翻译时添加"こと（ko-to）"，从效果上而言会使译文在文体上更接近于起源于日本平安时期的说话文学，以此唤起日本读者的亲近感。

笔者认为除了从文体上接近日本说话文学，唤起日本读者的亲近感这一考量之外，句尾添加后缀"こと（ko-to）"，还间接地起到了如下作用：其一，保持句子的工整，从形式上追求与源文本的统一，读起来朗朗上口，富有美感。其二，体现了"模拟书场风格"。一般认为，在空间认知和事态认知方面，日语表现出较强的立足于现场或以当事人的视点来把握现实的倾向，因此叙事者的视角一般都是第一人称，❸要体现出说书人在说书的临场感，需以第三者的角度去叙述交代事情的来龙去脉。从语法功能上来看，"こと（ko-to）"是形式名词。日本《大辞林》词典是如此解释的："こと：動詞の連用形に付いて、前にある主語、目的語などを受けながら、全体を体言化する働きを持つ。"（接在动词的连用形之后，承接主语、宾语，起到将整个句子名词化的作用）。❹笔者认为此处的"こと（ko-to）"不仅是起着将章回回目上下句名词化的作用，而且可以通过添加"こ

---

❶ 李小龙.中国古典小说回目研究[M].北京：北京大学出版社，2012：390-391.

❷ 李树果.日本读本小说与明清小说[M].天津：天津人民出版社，1998：132-133.

❸ 对于这一点，日本学者木村英树以及其他中日学者在研究中都有提及。

❹ 在此只列举了第9条用法。

と（ko-to）"使整个场景客观化，符合"模拟书场风格"。当然对此需要作进一步的研究，找到更确凿的论据。章回小说中作者与读者之间的关系是"作者始终站在故事与读者之间，扮演着说故事人的角色。此外，作者也会随时中断情节，站出来对某个事物进行解释，或对某种状态进行评价"。❶ 伊藤漱平对此叙事风格了然于心，在《用中文读〈红楼梦〉的七个道具》一文中明确表示《红楼梦》采取的是"作者"（曹雪芹）向"看官"（读者）讲述的形式。❷ 为了凸显这一讲述风格而添加后缀"こと（ko-to）"一词，则为实现这一叙事风格起到了辅助性作用，使伊藤版本的章回翻译区别于其他版本，带有译者鲜明的阐释意识。

（二）用"振假名"传神达意

伊藤漱平《红楼梦》日译本中章回回目并没有完全采取训读的方式。另外，从形式上看似乎每个译本之间的差别不大。

以第二十二回为例：

听曲文宝玉悟禅机　制灯谜贾政悲谶语

（伊藤氏1996年Library版第三册章回回目）

曲文（きょくぶん）を聞きて宝玉　禅機（ぜんき）を悟るのこと

燈謎（とうべい）を作りて賈政　讖語（しんご）に悲むのこと

---

❶ 王薇.《红楼梦》德文译本研究兼及德国的《红楼梦》研究现状[D].济南：山东大学，2006：95-96.

❷ 伊藤漱平.用中文读《红楼梦》的七个道具[M].伊藤漱平著作集（第二卷），东京：汲古书院，2008：327.原文是"書き手（雪芹）が読み手（看官=閲者）に語りかける形".

· 41 ·

（井波版本第二册章回回目）

　　曲文（きょくぶん）を聴きて　宝玉（ほうぎょく）　禅機（ぜんき）を悟り
　　灯謎（とうめい）を製（つく）りて賈政（かせい）　讖語（しんご）を悲しむ

（松枝版本第三册章回回目）

　　宝玉　曲文を聞きて禅機（ぜんき）を悟り
　　賈政　灯謎を作りて讖語（しんご）を悲む

比较以上三个译者的章回回目译文可以看出，除了伊藤版本用"こと（ko-to）"标记这一区别以外，在二十二回回目的翻译上表现出很大的趋同性，井波版本和松枝版本在形式上都采取了训读的解读方式。训读法是在保持原文基本形态不变的基础上，通过添加符号等方式来解读的一种方式。这是日本人在上千年的汉籍翻译、汉学研究历史中创造出的解读中国古典作品的方法。尽管明治以后，日本人在翻译外国书籍和作品都采用了现代日语，但古典汉籍的翻译至今仍然保留着"训读"的方式。❶有学者认为训读会造成千人一面，不属于真正意义上的翻译；而有的学者则认为训读能保证信息的忠实传递。学者们关注的焦点往往集中于训读与翻译的关系上，而对于体现译者主体的"振假名"标注在翻译当中的阐释作用却没有得到应有的重视。笔者认为"振假名"因保留了源文文本的"形"，同时又阐释了译文文本的"意"，起到了很好的信息传递效果。

---

❶ 吴珺. 青木正儿的汉文直读论与"中国之馨香"[J]. 中国文化研究，2015（2）：168.

第二章　伊藤漱平《红楼梦》回目翻译研究

"振假名"（振り仮名，furigana）又称"ルビ"，亦有注音假名之称，指日语中主要为表示日文汉字读音而在其上方或周围附注的假名表音符号。根据潘钧的研究，振假名的使用具有"改写""信息附加""依赖语境"3大表达功能。❶ 但无论是何种功能，从翻译学的角度来看，其目的不外乎是在保留源语文化的同时，通过添加"振假名"的方式达到阐释其意的目的。伊藤漱平版本在《红楼梦》的章回和诗词翻译中多处使用了"保留汉字添加振假名"的训读方式对其内容进行阐释。这是因为无论是章回还是诗词，都要求译文简洁凝练，而"保留汉字添加振假名"的方式既可以保留汉字词特有的形象，实现句子对仗工整，同时添加的"振假名"又使日本读者对其意一目了然，达成了信息传递的目的。"振假名"的使用为被认为使千篇一律的训读翻译增加了阐释的空间，这样的翻译方法在世界《红楼梦》翻译史上也是独一无二的，非常值得关注。

以第三十二回章回回目为例：

诉肺腑心迷活宝玉　含耻辱情烈死金钏

（伊藤氏1996年Library版第四册章回回目）
肺腑（おもい）を訴えて　心に迷（まど）う　活（い）くる宝玉のこと
恥辱（はじ）を含びて　情は烈し　死せる金釧（きんせん）のこと

---

❶ 其一，"改写"的功能主要有两种，首先，谋求特殊的表达效果，也就是追求视觉提示效果；其次，借用汉语词的表记，发挥和语词语感的同时，唤起汉字词所特有的形象，两者相得益彰。其二，信息附加。汉语词同和语（俗语）之间在意义上不对等，采取限定性附加、明确性附加（包含具体化和词义累加）的形式，对信息进行附加。其三，依赖语境。分为双重表记和置换对应，根据前后文关系（语境），充分发挥汉字组合的长处，从而产生特殊的表达效果。内容引自：潘钧.日本汉字的确立及其历史演变[M].北京：商务印书馆，2013：95-108.

"肺腑"在日文当中一般读作"はいふ",但译者在此将读音改写为"おもい";同样,"耻辱"一般读作"ちじょく",但在此译者将之改写为"はじ",无疑改写后的译文更加易懂。通过"振假名"的这一"改写"功能,保留了"肺腑"和"耻辱"这两组汉字,达到了视觉的提示效果;同时又通过附加"おもい"和"はじ",使目标语读者更好地了解其义。再比如第五十四回当中有"小生(わかたちやく)"❶一词,其实"小生"在日文当中也存在,但与中文的"小生"是同形类义词,读作"しょうせい",为第一人称的人称代词,是男性自谦的说法(一人称の人代名词。男性が自分をへりくだっていう语)。而中文中的"小生"一般是指传统戏曲角色行当之一的青少年男子,古代也曾有"读书人自称"的意思,但此意义除了特殊的语境目前已不再使用。为了区别于日文中的"小生",译者特意用训读的方式添加了振假名"わかたちやく"(小生的意思),这样既保留了原文的形式,同时又通过"振假名"的方式加以阐释,达到了很好的信息传递效果。可以认为,以上的例子都是通过限定性附加、明确性附加的手段对源文本进行的信息补充。

这样的翻译方法并非伊藤漱平独创,而是对前译的一种传承。松枝茂夫(1905—1995后)在一次座谈会上评价平冈龙城的译本"假名标得非常巧妙",并且认为"对我帮助最大的就是《国译红楼梦》,这是该大写特写的"。❷ 伊藤漱平在《二十一世纪红学展望——一个外国学者论述〈红楼梦〉的翻译问题》中也曾谈到他的译文也参照了前译,他认为"把用汉字写成的原文移植为由中

---

❶ 曹雪芹. 红楼梦:第1册[M]. 伊藤漱平,译. 东京:ライブラリー平凡社,1996:159.

❷ 森中美树. 日本全译《红楼梦》的历程简述——平冈龙城《国译红楼梦》与白话翻译[J]. 华西语文学刊,2010(2):108-115.

国传来的汉字的日文，无论如何总是容易被拉着走的。尤其是我翻译时，已有了两种译本，更是如此。"❶因此可以认为不同译者的《红楼梦》日译本在章回目录翻译上表现出的相似性也不排除前译的影响，包括训读翻译以及"振假名"的使用等。

"振假名"阐释法具有浓厚的古典韵味，可以说是日本江户传统的继承。笔者检索了早稻田大学古典典籍数据库，发现葛饰北斋（1760—1849后）所绘《新编水浒画传》当中也有同样的"振假名"用法。比如第一回当中的"张天师祈禳瘟疫，洪太尉误走妖魔"译成"卷一（くわんのいち） 張天師祈りて瘟疫（あしきやまひ）を禳（はら）ふ 洪大尉誤（あやま）りて妖魔（あやしきもの）を走（はし）らす"，"瘟疫"和"妖魔"在保留了汉字的基础上分别附加了振假名"あしきやまひ"和"あやしきもの"，既保留了源文文本的"形"，同时又阐释了译文文本的"意"。此种用法在现代的诗歌或歌词中也常见，值得研究和关注。

三、伊藤漱平《红楼梦》回目翻译特征

从内容上对比伊藤漱平《红楼梦》三个版本的章回翻译，同时兼与井波陵一版本进行横向比较，可以明显地看出伊藤译本具有以下3个特征。

---

❶ 伊藤漱平.二十一世纪红学展望：一个外国学者论述《红楼梦》的翻译问题[M]// 伊藤漱平.伊藤漱平著作集：第3卷.东京：汲古书店，2008：438.

（一）古典韵味浓厚

案例 1

第七回　送宫花贾琏戏熙凤　宴宁府宝玉会秦钟

（伊藤氏 1996 年 Library 版　第一册 章回回目）

　　宮花を届けしに　賈璉（かれん）　熙鳳（きほう）と戯（ぎ）れ居たること

　　寧邸の宴（うたげせに）せしに　宝玉　秦鐘（しんしょう）と顔を合わすこと

（井波版第一册 章回回目）

　　宮花（かんざし）を送（おく）って　賈璉（かれん）　熙鳳（ぎほう）に戯れ

　　寧府（ねいふ）の宴（うたげ）して　宝玉（ほうぎょく）　秦鐘（しんしょう）に会（あ）う

从对源文本当中的"送"的翻译来看，伊藤氏翻译为"届けしに"，而井波氏处理成"送って"，显然伊藤的表达更加郑重。同样，动词"戏"和"会"在伊藤版本中分别译成了"戯れ居たる""顔を合わす"，与井波版本的"戯れ""会う"相比，伊藤版本书面色彩浓厚，用词更加有厚重感。此句仅仅是章回翻译部分的一个缩影，实际上笔者通过对所有的章回回目考察后证实，伊藤漱平的章回回目翻译多处运用了古典日语的表达，译文古香古色，古典韵味浓厚。尽管章回的训读解读方式使伊藤译版本和井波译本有了更多的一致性，对仗工整的形式也显露出两个译本在章回翻译上的共性，但渗透在字里行间的不同风格却鲜明强烈：伊藤版本译得厚重仿古，而井波版本处理得简洁易懂。

（二）注重文本阐释

案例 2

第二十九回　享福人福深还祷福　痴情女情重愈斟情

（伊藤氏 1996 年 Library 版第三册章回回目）
果報者　果報冥加（みょうが）に果報を禱（いの）るのこと
情の女　情厚き上に情を斟（く）むのこと

（井波版第三册章回回目）
享福（きょうふく）の人　福深（ふくふか）きに還た福（ふく）を禱り
痴神（ちしん）の人　情重（じょうおもき）きに愈（いよ）いよ情（じょう）を斟（く）む

此回目是一副对联的形式，源文本当中，"福"字和"情"字都分别出现了三次，结构相同、词性相对，是音形意完美结合的典范，读起来朗朗上口，充满了诗歌的律动感。以此为基准检视伊藤版本，首先，其在结构上保持了原文的形美。"果報"对应原文的"福"，而"情"对应了源文本的"情"，读起来铿

锵有力，与读源文本时的感受和意境一致；其次，从意义上来看，"果报者"与原文的"享福人"都带有一定的宗教色彩，意义和语境一致。日文字典《广辞苑》对"果报"的解释为：①幸运、幸福（よい運を授かって幸福なこと。また、そのさま）；②前世行为的报应（仏語。前世での行いの結果として現世で受ける報い），在此为"福报"之意，带有宗教色彩。实际上《红楼梦》当中渗透了很多佛教的思想，对此伊藤漱平理解得非常深刻，他论述道："当时士大夫中的一部分人有"逃禅"——逃避于禅理的倾向，佛说'色即是空'四字也是最终未能得到恋情的年轻曹霑所努力信奉的观念吧。"❶ "享福"没有简单翻译成"享福（きょうふく）"，而是用了带有佛教色彩的"果报者"，这说明了译者对源文本深度阅读之后的深度阐释。伊藤漱平的阐释意识不仅仅体现在章回翻译中，诗词翻译以及正文翻译都可见其独特阐释。

（三）字斟句酌、不断精进

案例3

第六回　贾宝玉初试云雨情　刘姥姥一进荣国府

（伊藤氏1958年全集本　上篇　章回回目）

賈宝玉　初めて雲雨の情を試みること

劉姥姥　一たび栄国の館に罷り出ること

---

❶ 伊藤漱平.《红楼梦》汉日对照书后解说[M].宋红，译.北京：人民文学出版社，2015.

第二章　伊藤漱平《红楼梦》回目翻译研究

（伊藤氏1973年奇书本　上篇　章回回目）
　賈宝玉　初めて雲雨の情を試みること
　劉姥姥　一たび栄国の館に参ずること

（伊藤氏1996年Library本第一册　章回回目）
　賈宝玉　初めて雲雨（うんう）の情を試みること
　劉姥姥　一たび栄国の館（やかた）に詣づること

　　刘姥姥是如何进了荣国府？就"进"一个动词，伊藤漱平在三个版本中都对其做了不同的改动。究竟是"罷り出る"（厚着脸皮地进），还是"参ずる"（如仆人般拜见），抑或是"詣づる"（毕恭毕敬地参见贵人），译者着实费了一番功夫。对于如此的细节，伊藤漱平在三易其稿时都没有停止思索和甄选。伊藤漱平最后选定了"詣づる"来表达刘姥姥的身份下贱卑微，同时折射出荣国府的荣华富贵，以衬托这二者之间的巨大反差。随着对源文本意义的不断追问，译文的选择也愈加贴切精准，由此可以看出伊藤漱平翻译《红楼梦》字斟句酌、不断精进的态度。

　　"荣国府"在伊藤版本中采取了接近目的语读者的译法，则译成了"栄国の館（やかた）"。在口语当中，"館（やかた）"可用作雅语，指的是贵族豪门的公馆邸宅，不仅与荣国府的气派相符，同时与"詣づる"一词互相呼应，达到了很好的艺术传递效果，由此也可感受到译者在翻译《红楼梦》时强烈的阐释意识。

四、三个版本的演化

如前所述，1958年全集本是初译本，1973年奇书本则在内容上和形式上对1958年全集本作了全面的改译，而1996年Library本是伊藤漱平的最后一个版本，集前三次改译之精华，在《红楼梦》译介史上产生了很大影响力。因此，本部分主要以1996年Library本为主要研究对象，同时参照1958年全集本和1973年奇书本展开对比研究。

论证分两个部分：首先，对1958年全集本与1973年奇书本进行比较，具体分析改动较大之处，并由此痕迹探究译者在1973年改译时的翻译思路以及改动趋势；其次，考察1996年Library本在1973年奇书本的基础上所做的改动，由此可以观照出译者在20世纪90年代修改译本时的策略，最后结合这两者的分析描述出译者的修改痕迹路线图。

（一）1958年全集本到1973年奇书本改动较大之处

案例4

甄士隐梦幻识通灵　贾雨村风尘怀闺秀

1958年全集本上篇 章回回目

第一回

甄士隠　夢にて通霊玉を知るのこと

第二章　伊藤漱平《红楼梦》回目翻译研究

賈雨村　浮世にて佳人を思うのこと

1973年奇书本上篇 章回回目

第一回

甄士隠　夢路に奇しき玉を見しること

賈雨村　浮世に妙なる女を恋うること

该处有三处大的改动。"夢"（1958年版本）与"夢路"（1973年版本）尽管只有一字之差，所传递的意境却大不相同。"夢"为日常所用，而"夢路"的意境接近于中文的"梦境"，与原文梦幻之意传递信息一致。另外，"通灵玉"改译成了"奇しき玉"，对于日本读者来说，"奇しき玉"可以直观地了解到这块玉非同寻常之意。"佳人を思う"改译成"妙なる女を恋うる"，前者只是表示一般意义上的"才子思念佳人"之意，而后者"妙なる女を恋うる"中的"妙なる"则与"奇しき"相对应，意即"爱恋上了一个奇女子"，不仅形式更加工整，从意境来说更加符合原文虚幻梦境般的意境。

案例5

第七十八回　老学士闲征姽嫿词　痴公子杜撰芙蓉诔

1958年全集本 中篇 章回回目

老学士　間（ひま）に任せ姽嫿の詞を徴するのこと

癡公子　みだりに芙蓉の誄（るい）を撰するのこと

1973年奇书本 中篇 章回回目
老学士　つれづれに媼嬬（たおやめ）の詞（うた）を徴すること
癡公子　よしなくも芙蓉（はちす）の誄（るい）を撰すること

从达意这个角度考虑，"間に任せ"也能表达闲来无聊之意，但不如"つれづれに"表达得雅致。同样，"みだりに"有胡乱草率之意，但语气过重，偏贬义，而近似文言表达"よしなくも"可以恰如其分地表达出贾宝玉杜撰芙蓉诔时的情景。如果译者对原文内容没有深入研究的话，是无法体会到如此深的意境。另外，由此也可以看出其译文不断"改雅"的趋势。

（二）从1973年奇书本到1996年Library本重大改动之处

1973年奇书本到1996年Library版本在章回这一部分改动不多，有6处。尽管数量不多，但每一次的改动都体现了伊藤漱平对《红楼梦》翻译一丝不苟的态度、感受到译者对译文如何能被读者更好地接受所付出的良苦用心。

案例6
第七十三回　痴丫头误拾绣春囊　懦小姐不问累金凤

1958年全集本 中篇 章回回目
癡丫頭　繡春嚢（しゅうしゅんのう）を誤って拾うのこと
懦小姐　纍金鳳（るいきんほう）を不問に付すのこと

第二章 伊藤漱平《红楼梦》回目翻译研究

1973年奇书本 中篇 章回回目

癡丫頭（ちあとう） 繡春囊（しゅうしゅんのう）を偶然に拾ろうこと

懦小姐（だしょうしゃ） 纍金鳳（るいきんほう）を不問に付すること

1996年Library本 第七册 章回回目

癡丫頭（ちあとう） 繡春囊（しゅうしゅんのう）を誤解に獲（え）たること

懦小姐（だしょうしゃ） 纍金鳳（るいきんほう）を不問に付すること

贾母的下等丫鬟傻大姐，碰巧在大观园拾到了一个绣春囊，所谓绣春囊，也就是绣着春宫图（性爱图）的香囊，被邢夫人发现，交来给王夫人处理。那么傻大姐的行为从被"誤って拾う"（错误地捡到）到"偶然に拾ろう"（不小心发现），再至"誤解に獲たる"，其实这是伊藤漱平对文本理解不断加深，文本视域与作者、与读者不断接近的过程的反映。"誤って拾う"强调的是捡了不该捡的东西，而"偶然に拾ろう"的重点在于偶尔碰到，因此捡到了，这两者都不如"誤解に獲たる"富有戏剧性和画面感，傻大姐捡到了绣春囊玩耍，没想到却引发了大观园抄家式的查抄。"誤解に獲たる"更反映了傻大姐是一个头脑简单、不谙世事的傻丫头，这样的表达是与人物性格完全相符的。

综合以上研究可知，在每一次改译时，伊藤漱平都对回目作了一定程度的修改，"精益求精、逐步完善"❶，并表现出"改雅"的趋势。从3个版本章

---

❶ 宋丹.《红楼梦》日译本的底本选择模式——以国译本和四种百二十回全译本为中心[J].红楼梦学刊，2015（3）：303-333.

回回目改动情况来看，1973年奇书本在1958年全集本的基础上作了比较大的改译，有31个章回回目都做了不同程度的改译；而1996年Library本则又在1973年奇书本的基础上不断完善，有6个章回回目作了改译。由此可以得出，1973年奇书本在三个版本当中改译程度最大，并且改动十分细致，甚至具体到对助词的增删。

伊藤漱平完成了大规模的3次改译，这在《红楼梦》翻译史上也属罕见。伊藤漱平为何要三易其稿？笔者认为对源文本"意义"的不断追问、与历史中不断变化的读者展开对话的意识等等是促使其重译的直接动力。具体而言，其一，在与源文本不断的对话中寻找到更适合阐释源文本的表达；其二，随着时代的变化，读者的阅读需求也在不断更新。"从历史发展的角度看，不同时代的读者的接受意识是有所不同的"。❶ 而伊藤译本的不断改译也正是为了回应读者不断变化的需求，带有时代发展的烙印；其三，随着译者红学研究的不断深入，希望通过改译展示新的研究成果、增加译文阐释力，这也是作为红学家的伊藤漱平进行改译的直接动力。

五、结语

通过对伊藤版《红楼梦》章回回目译文考察得出除了使用后缀"こと（ko-to）"和"振假名"标注之外，其回目译文呈现出以下三个特色：其一，古典韵味浓厚。伊藤漱平的章回翻译多处运用了古典日语的表达，字斟句酌，译文

---

❶ 许钧. 翻译论[M]. 武汉：湖北教育出版社，2006：129.

古香古色，具有浓厚的古典韵味；为了再现源文本宫廷的风格，从 1958 年全集本到 1973 年奇书本再至 1996 年 Library 本，整体有把译文"改雅"的倾向。其二，注重对源文本的阐释，作为红学大家的伊藤漱平可谓对《红楼梦》的理解入木三分，并且在多年的考据和研究积累中形成了对《红楼梦》独特的理解，因此在阐释方法上有独树一帜之处；他对章回的翻译顾及了源文本的音形意美，保持了原作的律动感，同时又结合了语境，恰到好处地发挥了译者的阐释能力。其三，字斟句酌、不断精进。对于刘姥姥如何进大观园的一个动词，为了符合与原文一致的表达效果，伊藤几经推敲，反复修改。伊藤漱平对于细节的考究渗透在了其译文的角角落落，由此可以充分感受到译者对从事《红楼梦》翻译一丝不苟的严谨态度和对源文本的敬仰之心，并且从最初的版本到 1996 年 Library 本，译者在部分翻译上呈现出由异化改为归化的趋势，也说明随着时代的发展和翻译理论的渗透，译者的读者意识在逐渐增强。

　　伊藤漱平的翻译风格与其目标读者的设定有很大关系。他认为"对译者来说译本能够抓住读者的心是最大的幸事"。这也是伊藤漱平在翻译《红楼梦》时明确的读者意识，同时也可以理解为他在部分翻译上采取归化策略的主要动力。从他希望自己的译作"能抛砖引玉，让读者产生阅读源文本的意愿"❶这一表述，又可以看出伊藤漱平对原作《红楼梦》的钟爱。其中不容忽视的一点是，对于自己的翻译成果，伊藤漱平明确表示"则要企盼包括专家在内

---

❶ 伊藤漱平．李玉敬撰『《红楼梦》词语对照例释』赘言，《儿戏生涯　一读书人的七十年》[M]．东京：汲古书院，1994：293．

的读者们的鉴定",❶❷ 由此体现出译者伊藤漱平对读者的重视,尤其是对于"专家型读者"的极大关注。甚至可以推断,伊藤漱平的第一目标读者应该就是"专家型读者",因此讲究考证、注重保持源文本的文体特色、译文的不断"改雅"等现象都是此目标下的驱动,伊藤漱平对读者的期待视野也直接决定了他翻译风格的选定。在众多日译本中,伊藤漱平凭借其对《红楼梦》的深刻理解以及造诣超群的文字功底对《红楼梦》做出了独特的阐释,为日本读者带来了深刻的阅读体验。

---

❶ 伊藤漱平. 李玉敬撰『《紅楼夢》詞語対照例釈》』贅言 [M]// 児戯生涯. 一読書人の七十年. 東京:汲古书院,1994:293.

❷ 曹雪芹.《红楼梦》书后解说 [M]. 伊藤漱平,译. 東京:ライブラリー平凡社,1996:419.

第三章　伊藤漱平《红楼梦》日译本隐喻翻译研究❶

一、《红楼梦》隐喻翻译研究述评

"中国古典小说《红楼梦》被誉为一座艺术丰碑，而隐喻是成就这座艺术丰碑的关键因素之一。"❷《红楼梦》中的隐喻素材丰富多彩、寓意深刻，是这部经典力作不朽的艺术语言中的重要组成部分。隐喻的使用使得人物形象跃然纸上、呼之欲出，增加了《红楼梦》的表现力，让人回味无穷。《红楼梦》中的隐喻地位独特、富含中国传统文化元素，因此翻译好这部分内容实属不易，甚至可以说是译者的"试金石"。作为三易其稿的《红楼梦》翻译大家，伊藤漱平对《红楼梦》的隐喻采取了何种隐喻翻译策略？对此进行

---

❶ 本章内容原刊发在 2017 年《中国文化研究》（夏之卷）中，收录本书时作了修改。

❷ 肖家燕.红楼梦概念隐喻的英译研究[M].北京：中国社会科学出版社，2009：1.

研究不但可以厘清伊藤漱平版《红楼梦》隐喻翻译特色，而且可以在此基础上建立隐喻汉日翻译策略。

目前在《红楼梦》隐喻翻译研究领域，英译研究成果相对较多，研究方法也相对成熟。南开大学郑元会的博士论文《红楼梦隐喻翻译的必要条件》❶是我国第一部较为系统地研究《红楼梦》隐喻的著作，该研究从修辞学的角度对影响隐喻的三大主要因素（语言、文化、社会背景）作了论述。肖家燕❷的隐喻研究具有开拓性和创新性，该学者基于概念隐喻的视角归纳并论证了诗歌隐喻、"红色"隐喻、人名隐喻、"冷笑"隐喻、"水""月""窗"、爱情隐喻、"上—下空间隐喻"这六大经典隐喻系统的翻译策略，并在此基础上提出建立差额翻译观的必要性，倡导"建立起《红楼梦》的翻译差额观，乃至文学翻译的差额观，构建科学的翻译评价体系"。❸另有一部分《红楼梦》英译研究也涉及隐喻翻译❹，但大都局限于修辞学的角度，不属于《红楼梦》隐喻的专项研究。

与英译相比，《红楼梦》隐喻的日译研究尚不多见。戴丽❺以伊藤漱平与松枝茂夫的日译本为研究对象，收集了百余例隐喻语料，分类并展开分析，论证了两个版本归化、异化所占比例以及大致所采取的翻译策略。结论是异化依然是《红楼梦》隐喻日译所采用的重要策略，多用于惯用语以及其他隐喻的翻译；

---

❶ 郑元会.红楼梦隐喻翻译的必要条件[D].天津：南开大学，2005.
❷ 肖家燕.红楼梦概念隐喻的英译研究[M].北京：中国社会科学出版社，2009.
❸ 肖家燕.红楼梦概念隐喻的英译研究[M].北京：中国社会科学出版社，2009：255.
❹ 比如说王宏印的《红楼梦诗词曲赋英译比较研究》（2001），范圣宇的《红楼梦管窥——英译，语言与文化》（2004），冯庆华主编的《红楼艺坛——红楼梦翻译艺术研究》（2006）等。
❺ 戴丽.关于隐喻表现中译日的考察——以《红楼梦》日译为例[D].北京：北京第二外国语学院，2010.

第三章 伊藤漱平《红楼梦》日译本隐喻翻译研究

对于成语的日语翻译，则多采用归化策略。该研究作为第一个《红楼梦》隐喻日译研究，其研究方法和研究路径有可参照之处，但是该研究仍拘泥于归化异化理论的二元划分，并且没有对隐喻按照一定的标准严格分类。另有几篇论文从语义学的角度展开分析的论文，从翻译学角度展开的《红楼梦》隐喻日译研究目前尚不多见。

隐喻翻译之难在于民族文化不同而造成其喻体通常无法实现转换。对此，肖家燕指出，隐喻翻译的基础在于不同民族的体验重叠程度，语言差异源于体验差异，而体验差异是造成隐喻翻译障碍的原因。❶ 刘法公认为，"破解这个难题的途径是找到汉英隐喻各自的喻体文化根源和文化内涵"，并指出"原文的喻体意象在译文中全面映现，那么该隐喻的翻译就是成功的"，❷ 以此为标准检验隐喻翻译是否为目标语读者所理解。在此理念观照下，刘法公进一步提出了隐喻汉英翻译的三个原则："1. 保持隐喻特征；2. 接通汉英隐喻的关联文化内涵；3. 根据语境弥补文化喻体缺失"。❸ 对于第 1 条"保持隐喻特征"，该学者强调这是必须遵守的首要原则，并认为"在汉英翻译中丢掉喻体特征或歪曲喻体内涵的做法都是违背'保持隐喻特征'这一条原则的"。❹ 第 2 条原则"接通汉英隐喻的关联文化内涵"实际意味着原文与译文的喻体形式与喻指吻合，接通二者之间的文化意象内涵。针对汉语隐喻翻译成英语后，文化隐喻义象亏损的现象，作者提出第 3 条"根据语境弥补文化喻体缺失"，以

---

❶ 肖家燕. 概念隐喻视角下的隐喻翻译研究 [J]. 外语研究，2011（1）：107.
❷ 刘法公. 隐喻汉英翻译原则研究 [M]. 北京：国防工业出版社，2008：77.
❸ 刘法公. 隐喻汉英翻译原则研究 [M]. 北京：国防工业出版社，2008：200.
❹ 刘法公. 隐喻汉英翻译原则研究 [M]. 北京：国防工业出版社，2008：202.

此将意象亏损降低到不妨碍传递基本文化意象的最低程度。不仅如此，刘法公还运用了丰富的实例，提出和创立了接通文化内涵和弥补喻体损失的具体翻译方法，具有很强的操作性。

刘法公提出的汉英隐喻翻译原则和检验标准具有开创性的意义，不仅适用于汉英隐喻，对汉日隐喻翻译乃至其他语种隐喻翻译也有重要的启示作用。莫旭刚也评价说："刘先生提出的这三条原则，对指导隐喻汉法翻译实践，同样具有重要的参考意义。"❶刘法公的观点为笔者《红楼梦》隐喻分类以及翻译质量检验提供了重要的参考依据。

笔者通过对《红楼梦》文本及译本细读分析，收集到120回隐喻词条300条，建立了伊藤漱平3个译本（1958年全集本、1973年奇书本、1996年Library本）和井波陵一版《新译红楼梦》为语料来源的4个版本小型平行语料库。并在此基础上对此进行描述、比较和分类，进而展开定性与定量分析，阐释和论证其所属语境，以期描述伊藤漱平《红楼梦》隐喻日译的译者烙印，并解读伊藤漱平采取此种翻译策略背后深意，同时构建隐喻汉日翻译策略。

二、伊藤漱平《红楼梦》日译本隐喻分类

研究隐喻翻译策略，重在分类，不然研究无从下手。目前笔者所查阅到的大多数文献都是采用了纽马克的分类方法：①形象重现；②形象转换；③以明

---

❶ 莫旭刚.《红楼梦》隐喻法译研究[J].广东外语外贸大学学报，2010（3）：51.

第三章 伊藤漱平《红楼梦》日译本隐喻翻译研究

易隐；④附诠释喻；⑤化喻为诠；⑥喻诠皆删；⑦喻诠结合。❶ 纽马克提出的这 7 种隐喻翻译策略是在语言学的基础上提出的，而后人的研究也大多是在此基础上进行的再分类。其中，贺文照❷的研究值得一提。该学者建立了汉语"心"的语料库，并参照纽马克的分类将"心"的隐喻归纳整理并分成 5 类：完整移植法、部分重构法、完全重构法、直白抽象法和省略不译法。此种分类法颇具新意，无疑是一次很好的尝试。但由于对分类的标准及其适用范围未作详细论证，因而造成了因定义模糊而导致的分类混乱。

究竟如何分类，回归文本本源、开展文本细读是必然的选择。无论是伊藤译本还是井波译本，从结果来看，译者在隐喻翻译上都采取了多种翻译策略。如何对 300 条隐喻展开分类，并客观地归纳出两个译本的隐喻翻译倾向，为此笔者采取了建立隐喻语料库，在此基础上逐条排查、逐个分析的研究方法；并把映射论理论❸和刘法公创建的隐喻汉英翻译三原则作为重要理论依据，认为源文本和译文本的映射效果能否达成、源文本喻体意象是否能够传递是检验其效度的关键指标。

在以上理论观照下，笔者分出两大类：第一大类是中日文隐喻概念一致

---

❶ NEWMARK P. Approaches to translation [M]. Oxford：Pergamon Press，1982：87-91. 转引自：莫旭强. 红楼梦隐喻法译研究 [J]. 广东外语外贸大学学报，2010：48.

❷ 贺文照. 英译汉中"心"的隐喻重构——基于汉英平行语料库的考察 [J]. 四川外语学院学报，2008（2）：131.

❸ 来可夫和约翰逊在 1980 年出版的《我们赖以生存的隐喻》中提出概念隐喻理论，认为映射就是人们用已知的、熟悉的概念（源域）去认识未知的、陌生的、抽象的事物（目的域），而映射得以成立的根本就在于相似性。相似性一旦被锁定，隐喻也就往往随之而立，若没有源语与目的语之间的相似性，任何隐喻均是无本之木、无源之水。

或基本一致的情况。在该情形下，喻体可以移植，并且在意象上源文本与译文本获得一致或接近的效果。其中包括：（A）喻体移植，意向等值。这是由于中日文化的亲缘性，日语译文可以完整地移植汉语原文中的相应隐喻认知模式的一种译法。（B）喻体移植，意向可以传递。虽然译文文化中没有对应的表达，但是采取目标语读者熟悉的表达消除陌生感，使目标语读者可以准确无误地明白该意象的内涵。第二大类是隐喻概念不一致的喻体意象转换。在中日文隐喻概念不一致的情况下，为了使译文传递出原文的意境，译者采取了多种翻译策略以减少源文本信息亏损，涵盖以下5种情况：（C）保持原文的喻体，文内加注释；（D）保持原文的喻体，文外加注释；（E）保持原文的喻体，文内文外都不加注释；（F）转换喻体，保持源文本和译文本所映射的意象一致；（G）舍弃喻体，阐释喻体内容。这七种情况涵盖了伊藤漱平《红楼梦》日译本隐喻的所有类型。

（一）隐喻概念一致的喻体意象转换

人类的隐喻思维是有共同之处的，这是人类得以沟通的前提条件。加上中日文化的亲缘性，因此一部分隐喻是可以"移植"的。即汉日喻体意象完全一致，源文本到译文本的映射无障碍。

其中包括两种情况：

A 喻体移植，意向等值。 由于中日文化具有的共通性，在日文中也有相似的隐喻认知模式，因此译文可以完整地移植过来，映射完全没有障碍，并且移植完之后隐喻的性质没有改变。

案例 1

原文（李嬷嬷）"你只护着那女狐狸，那里认得我了......"（第二十回）

伊藤版本：あの女狐どもの肩ばかり持ちなさって、わたくしなど、どこの人間かといわんばかりのおあしらいだ。（1996 年 Library 版第 2 卷第 314 页）

井波版本：あなたさまあの女狐どもばかり庇って、わたしのことなんか知らん顔なのに、誰に尋ねろとおっしゃるのです？（新译《红楼梦》第 2 卷第 73 页）

分析 这是李嬷嬷眼看着自己奶水养大的宝玉更亲近比自己地位低的丫鬟袭人而抱怨泄愤的一个场面。"女狐狸"在此文中是指袭人。狐狸在中国传统文化当中的喻义以负面为主，表奸诈、贪婪之意。比如成语当中的"狐假虎威""狐疑不决""兔死狐悲"等都传递了这样的信息。"女狐狸"的意思是狐狸成精后会变成女性，专门迷惑勾引男人之意。在中国古典作品当中，例如《搜神记》《聊斋志异》《三国演义》当中都有狐仙化作女人诱惑男人的描写。而日本俗语词典对"女狐"作了如下的解释：狐狸给人的形象大多是化身骗人。由此女狐也被叫作"雌狐"，意即骗人的狡猾女性（多指欺骗男人），从日本江户时代起专门用来詈骂此类女性。从欺骗男人到扮清纯相玩弄男人，"女狐"骗人的花样繁多（笔者译）(【日本语俗语词典】狐は化けて人を騙すというイメージが強い動物である。ここから女狐とは「牝の狐」、つまり人を騙す悪賢い女性（多くが男を騙す悪賢い女）を意味し、そういった女性を罵る言葉として江戸時代から使われている。騙す内容については詐欺のようなものから、おとなしい顔をして実は男遊びに長けているといったものまで様々である)。可见中文的"女狐狸"与日文的"女狐"，

在形象上吻合，映射内容完全一致，因此喻体可以完全移植。伊藤版本和井波版本的处理方式相同。需要注意的是，中文当中的"女狐狸"或"狐狸精"在作家笔下也有正面形象者。比如蒲松龄所著《聊斋志异》中的狐狸精犹如邻家女孩般可爱，貌美狐媚，这样的描写方式彻底打破了写狐狸精的传统，属于"另类"。

关于意向等值的例子再举一例。比如在第五十五回当中有这样一句原文"如今她既有这主意，正该和她协同，大家做个膀臂，我也不孤不独了。"其中"做个膀臂"是隐喻，是"左膀右臂""得力的助手"之意。王熙凤数来数去，认为探春能做"膀臂"，帮助自己治家。伊藤版本的译文是"片腕になる"（1996年Library版第6卷210页），在日文中也是表示"做膀臂"之意，与中文比喻义完全一致，因此可以完全移植。而井波版本不同，用"しっかり支えてくれたら"（"有力地支持我"之意，新译《红楼梦》第4卷210页）阐释了"做膀臂"的含义，比喻义义消失，稍稍逊色。

B 喻体移植，意向可以传递。 日文中尽管没有相对应的隐喻模式，但由于汉语和日语语言文化的亲缘性，又共用汉字，因此可以按照日文读者熟悉的表达方式组织译文，或用训读方式翻译并附"振假名"。由于采取了日文读者熟悉的句式表达，因此产生某种似曾相识感，有助于理解。

案例 2

原文　（鸳鸯嫂子）"俗语说，'当着矮人，别说短话'。"（第四十六回）

伊藤版本　「諺にも『小男の前で背丈のはなしは禁句』とありますよ。」（1996年Library版第5卷第213页）

第三章 伊藤漱平《红楼梦》日译本隐喻翻译研究

井波版本　ことわざにも言います、「矮人（チビ）の面前で短の字はご法度」とね。(新译《红楼梦》第4卷第11页)

分析　出自《红楼梦》第四十六回。"矮人",指某方面有缺陷的人;"短话",揭别人短处的话。其大意为在有某个有缺陷的人面前,别去揭其短处。这一幕是鸳鸯当着平儿、袭人的面,指着来劝她做贾赦小老婆的嫂子痛骂,于是她嫂子脸上挂不住就用此语挑唆平儿、袭人。日文当中尽管没有相同的谚语,但是伊藤版本采取了日文读者熟悉的句式"……は禁句",的确让读者产生了一种既陌生又熟悉的阅读感受,不仅通晓了意思,又收获了一份本国文化中无法体验的新鲜感。井波版本也是如此,"……はご法度"是惯用表达,又添加振假名"矮人（チビ）",再加上"短"字的提示,和"……は禁句"有异曲同工之妙。因此无论是伊藤译本还是井波译本都采取了同样的翻译策略。如果意译过来,那鸳鸯嫂子的尖酸刻薄的形象就会大打折扣,《红楼梦》语言艺术也会因此黯淡无光。这种陌生化的表达会带来一种新鲜的体验。旅日的中国作家杨逸2008年获得第139届日本文学最高大奖——芥川龙之介文学大奖,她在小说中就经常使用类似"喝西北风""天边露出鱼肚白"等汉语惯用语,这些表达因为跨越了国境,给目标语读者带来了本国文化中所没有的新鲜气息而被目标语读者所接受,甚至会一点一点融入目标语文化,成为目标语文化的一个组成部分。

同样的例子再举一例。比如在第四回当中有"岂不闻古人有云:'大丈夫相时而动',又曰'趋吉避凶者为君子'"一句。"相时而动"语出《左传·隐公十一年》:"相时而动,无累后人,可谓知礼矣。"意思是指找准对自己有利的时机而采取相宜的行动。"趋吉避凶者为君子"来自沈鲸的《双珠记·母子分珠》:"趋吉避凶,儒者之事。"这一段是葫芦庙门子开导贾雨村时所说的一

番话，贾雨村最终徇私枉法，胡乱判了薛蟠这桩案子。伊藤版本采取了训读的译法，分别译成"大丈夫は時をみて動く""吉に近づき凶を避くるが君子なり"（1996 年 Library 版第 1 卷第 135 页）。井波版本也同样采用训读翻译，处理成"大丈夫（一人前の立派な男）は時に応じて動く"和"吉に趨き凶を避けるのが君子である"（新译《红楼梦》第一卷第 71 页）。日文文化中的典故多出自中国，也有君子之说，因此此类内容可以采取直译的方式直接映射。尤其是后者，"趋吉避凶"本身在日文中就有对应的说法"趨吉避凶（すうきちへききょう）"，但需要注意的是日文当中的"趨吉避凶"一般用于风水学当中，意即住在风水宝地，就可以招来诸如健康、财运、地位、家族繁盛、子孙繁荣等福运。

（二）隐喻概念不一致的喻体意象转换

C 保持原来的喻体，文内加括号注释或文后半部分阐释其意。方法是将源文本的喻体直译过来，然后在其后附加注释。这是译者对保留源文本文化所采取的一种策略，既保留了源语文化特色，同时又通过注释避免了直译喻体的生硬。

案例 3.1

原文 如今伸腿去了，可见这长房内绝灭无人了。（第十三回）

伊藤版本 それがいまでは足を伸ばしてお陀仏なのですからね。これでは、この長男の家のなかは根こそぎ死に絶えてしまったも同然ですよ。（1996 年 Library 版第 2 卷第 75 页）

第三章 伊藤漱平《红楼梦》日译本隐喻翻译研究

井波版本 それがいまでは足が伸びきってしまいました。この長男の家は滅んだも同然です。(新译《红楼梦》第 1 卷第 220 页)

注释 原文は「伸腿」。帰らぬ人となる意。

分析 这一段描写的是贾珍对秦可卿的去世而表达出的真实心声。作为公公，其不加掩饰的悲伤的确令人费解，但一番真情流露确实令人动容。"伸腿"，其比喻义是人去世，而日文当中的"足を伸ばし"（伸腿）只有伸出腿舒展一下之意，并没有中文中的比喻义。伊藤漱平采取的是保留喻体之后再加喻义的翻译方法，即在"足を伸ばし"（伸腿）之后加上了"お陀仏"（去西方见佛主）解释其意。这样既保留了源文本的文化特色，又使目的语读者可以读懂隐喻的具体含义。刘法公称之为"歇后语式的翻译模式"。❶ 实际上在翻译当中，译者一方面要保留源文本的特色，采取异化的策略；另一方面要让读者充分领略源文本的精华，需要归化，而一般译者都会取二者之间的平衡点。伊藤也是如此，"足を伸ばして"是异化的表达，"お陀仏なのです"相当于其注释，是顾及源文本同时又考虑到受众的一个代表性例子。笔者在考察中还注意到，其实即便是对有一些可以用日语意象进行替代之处，伊藤漱平依然采用了保留中文喻体之后加文内注释的译法。由此可见为传递源文本中文化精华，伊藤漱平采取了尽可能保留原文文本喻体的策略。

案例 3.2

原文 贾琏道："你不用怕他。等我性子上来，把这醋瓶子打个稀烂，他才

---

❶ 此模式由刘法公提出，具有很高的参考价值和应用价值。翻译公式：A+B=C。设：A=原文化喻体的"直译"，B=文化喻体"解"译，C=保全原文文化喻体与寓意的译文。参见刘法公.隐喻汉英翻译原则研究[M].北京：国防工业出版社，2008：321.

认得我呢!……"(第九回)

  伊藤版本 贾琏はそこで「何もあんなやつにびくびくすることはないさ。いまにわしが堪忍袋の緒を切ろうものなら、あんな酢瓶(ヤキモチを焼くことを一吃醋酢を飲むという)なんぞ、粉みじんに打ち砕いてやる、そうすりゃこのわしを見直すだろう。……」(1996年Library版第21回第231页)

  井波版本 おまえもあいつを怖がらなくたっていい。わたしが癇癪玉を破裂させてあの酢罐を粉々に砕いてやったら、あいつも遅まきながらわたしのことを思い知るだろうよ!あいつは賊を警戒するみたいにわたしのことを警戒し……(新译《红楼梦》第2卷第100页)

  注释 酢罐=熙凤を指す

  分析 平儿软语救贾琏,贾琏说出了心中对凤姐的不满,此句当中的"醋瓶子"指的就是王熙凤。"吃醋"比喻的是"产生嫉妒情绪",多指男女关系方面。传说唐太宗为了笼络人心,要为当朝宰相房玄龄纳妾,遭到大臣之妻房夫人的强烈反对。太宗无奈,于是令其在喝毒酒和纳小妾之中选择其一,没想到房夫人宁愿一死也不在皇帝面前低头,端起"毒酒"一饮而尽。当喝完后,才知杯中不是毒酒,而是带有甜酸香味的浓醋。从此便把"嫉妒"和"吃醋"联系起来,"吃醋"便成了"嫉妒"的比喻用语。但日文当中没有此类说法,"吃醋"如若翻译成"お酢を飲む"也只有"喝醋"的意思,没有比喻义。因此看到"醋瓶"这样的表达也不会浮现出因男女关系而妒忌的意象。日文中与中文"吃醋"类似的表达有"ヤキモチを焼く"(嫉妒)这样的表达,同属隐喻。意即人在嫉妒时气鼓鼓的脸如同煎年糕时年糕膨胀的样子,由此嫉妒就说成了"ヤキモチを焼く"(日语语源来源词典)。但伊藤漱平并没有直接用"ヤキモチを

第三章　伊藤漱平《红楼梦》日译本隐喻翻译研究

烧く"，一是出于对源文本文化传递的角度的考量；另一个原因大概是此处非"吃醋"，而是"醋瓶"，并且要"打个稀烂"，因此很难用"ヤキモチを焼く"来处理。井波版本也保留了喻体"醋瓶"，但因为文后注释过于简单，会令目标语读者费解。

D　保留原来的喻体，文外加注释。其特点是可以保留源语的特色。另外，通过文外附加注释的方式对其进行解释。伊藤译本特点之一便是重视考据，以考证严密、资料翔实见长。在伊藤译本中此类隐喻策略多见。

案例 4

原文　不和我说别的还可，若再说别的，咱们红刀子进去，白刀子出来！（第七回）

伊藤版本　わたしに向かって余のことをおっしゃらねえうちは無難だが、四の五のご託が並ぼうものなら、こちとら、『ブッスリ白刃、ベットリ血刀』ですからな。(1996 年 Library 版第 1 卷第 265 页)

井波版本　わたしに向かって四の五の言わなきゃまだ許せるが、これ以上何かほざくようなら、紅い刃がブスッと刺さり、白い刃がお出ましだ！（新译《红楼梦》第 1 卷第 148 页）

注释　酔っ払った焦大は紅と白を言い間違えている。

分析　这是《红楼梦》第七回中焦大喝醉了酒发疯时说的一段话。"白刀子进去，红刀子出来"意即要动粗拼命。由于同属汉字圈文化，日本读者通过"白刃""血刃"能够理解到其中的意境，再加上两个拟声拟态词"ブッスリ""ベットリ"，更可以传递出刀子插进去和拔出来时的感觉。由于焦大喝了酒，说话

· 69 ·

颠三倒四，因此，"红刀子进去，白刀子出来"无疑更符合语境，达到了很好的艺术效果，属传神之笔。对此伊藤版本做了如下考证：

　　校本原文是"红刀子进去，白刀子出来"，依据是己卯本以及庚辰本。但甲戌本以及戚本中"红""白"二字顺序颠倒，那就暂且按照后者翻译。"进去"是刀插进去，"出来"是刀拔出来，是恐吓别人时常用的一种表达，意思是"我不会放过你"。按照成语的表达自然是"白"在先，"红"在后（《金瓶梅词话》《儒林外史》中可见）。如若按照脂批所说认为此乃焦大酒醉语无伦次而致的酒醉之言，两者颠倒顺序也合乎情理。（校本原文「紅刀子進去、白刀子出来」。これは己卯本・庚辰本に依ったものだが、甲戌本・戚本では「紅」「白」の二字が入れ替わっており、しばらく後者に従う。「進去」は刀を突っこむ、「出来」は引き抜く。ただではおかねぞとおどし文句を並べ立てるときの常套句。もっとも、成語としてはもちろん「白」がさき「紅」があとがだ（『金瓶梅詞話』『儒林外史』などに見える）、脂評にも「これ酔人が口中の文法」とあるとおり、焦大が酔ったあまり言い損なったと取れば、逆にしても通じようか。）

　　是"红刀子"在先还是"白刀子"在先，伊藤漱平不仅考证了《红楼梦》多个版本，甚至追本溯源，考察了词汇的出处，只为求得一个确凿的答案。由于伊藤考据丰富翔实、细致深入，英译《红楼梦》的译者霍克斯也将它作为翻译时的重要参考。伊藤漱平在《二十一世纪红学展望：一个外国学者论述〈红楼梦〉的翻译问题》中回忆道："在其序的末尾，他（霍克斯）谈到由于参考了1970的拙译（第二次改译本）的注释，大大地省去了搜寻所需要的令人厌烦的

时间。"❶孙玉明也高度评价说伊藤漱平译本"大量的注释中,又总是蕴含着丰富的史料和有关信息。"❷

E 保持原来的喻体,文内文外都不加注释。即沿用源文本的喻体,在文内或文外都不加注释。此类译法常见于人名、地名以及称谓等。但《红楼梦》当中的称呼往往带有很深的喻义,或是人物性格的比喻,或是人物命运的暗示,因此,即便是日本读者看得懂,但不一定能"解其意"。

案例 5

原文 因又请问众仙姑姓名:一名痴梦仙姑,一名钟情大士,一名引愁金女,一名度恨菩提,各各道号不一。(第五回)

伊藤版本 そこでこんどは仙女たちの名を聞かせてほしいと頼みました。すると、ひとりは痴夢仙姑、ひとりは鐘情大士、ひとりは引愁金女、ひとりは度恨菩提という風に、めいめい道号がついているのです。(1996 年 Library 版第 1 卷第 174 页)

井波版本 そこでまた仙女たちの名を尋ねると、一人は痴夢仙姑、一人は鐘情大士、一人は引愁金女、一人は度恨菩提といい、それぞれ道号は異なります。(新译《红楼梦》第 1 卷第 95 页)

分析 出自《红楼梦》第五回,痴梦仙姑、钟情大士、引愁金女、度恨菩提是贾宝玉神游太虚幻境时见到的四名仙姑。刘心武认为这四个名字暗喻了贾

---

❶ 伊藤漱平.二十一世纪红学展望:一个外国学者论述《红楼梦》的翻译问题[J].红楼梦学刊,1997:20.

❷ 孙玉明.伊藤漱平的红学成果[J].红楼梦学刊,2005(1):270.

宝玉四段人生经历，并且对四个名字分别解读为：痴梦指黛玉，钟情指湘云，引愁指宝钗，度恨指妙玉。日文分别援用了中文的汉字，但基本没有作过多解释，此处仅凭字面是不可能望文生义的。红楼梦当中名称隐喻有很多，对于中国读者来说如果没有注释，都很难读懂其中的深意，更何况日本读者，难度可想而知。为了更好地传递源文本信息，建议文外添加注释的方式阐释其意。

F 转换喻体，保持原文和译文所映射的意象一致。即通过用译文中熟悉的意象来取代原文中陌生的意象，使汉语和日语当中的喻体互相转换，以此保持两种语言的喻体意象一致，达到喻体共知。刘法公认为，接通汉英隐喻的关联文化内涵也就是要达到原文喻体的寓意与译文喻体的寓意互为映射这样的翻译目标。❶ 但实际上要完成这一目标对于译者的隐喻理解力及阐释力来说是一种极大的考验。

案例 6

原文　拿我作隐身草儿，你来乐！（第五十九回）

伊藤版本　人を隠れ蓑にして、のうのうとしておるのだからな。（1996 年 Library 版第 6 回第 364 页）

井波版本　私を隠れ蓑にして楽しくやろうってわけだ。（新译《红楼梦》第 4 卷第 287 页）

分析　"隐身草"是一种传说中可凭借它隐蔽自身的草，比喻用来遮盖隐蔽自己的人或事物，来自古代汉族民间故事，讲述了几个长工用隐身草捉弄财迷

---

❶ 刘法公. 隐喻汉英翻译原则研究 [M]. 北京：国防工业出版社，2008：262.

心窍的地主的故事。而日文中有一个有关隐身蓑衣（隐れ蓑）的传说，叫"天狗的隐身蓑衣"。大概内容是有一个叫彦市的人骗取了天狗的隐身蓑衣不断到街上作恶，搅扰百姓，没人能发现他。结果有一天他的母亲不小心把蓑衣当作垃圾烧掉了，他存着侥幸心理又出去作恶，最终被大家捉住，受到了严惩。按照日本大辞林的说法，日语中的"隐れ蓑"本意隐身蓑衣的意思，其比喻义是掩盖事实真相的手段（人の目をあざむくために使う，表向きの名目な手段），与中文的比喻义一致，中日文的认知模式相同，可以完整移植。所不同的是中文是"草"，而日文是"蓑衣"，这样表达模式的差异是因为两国不同的生活环境。日本是海洋性气候，湿润多雨，蓑衣在日本常见；而对内陆国家的中国来说"草"更具有文化上的亲近感。

G 舍弃喻体，阐释喻体内容。舍弃喻体，这在隐喻翻译当中属于下策。因为舍弃喻体会造成源语文化意象在翻译成目的语时受损，无法使目的语读者在译文当中体会到源语的语言魅力。

案例 7.1

原文 那是个有名的烈货，脸酸心硬，一时恼了，不认人的。（第十四回）

伊藤版本 あのおかたは評判のうるさ型、横柄で高飛車ときていなさる。かっとなられた日には、相手が誰だろうと容赦なしだ。（1996年Library版第2卷第93页）

井波版本：あの方は名だたる癇癪玉で、情け無用の御仁だ。いったん腹を立てると、相手のことなんかかまっちゃいないからね。（新译《红楼梦》第1卷第236页）

分析：此段话是《红楼梦》第十四回宁国府都总管来升所说，反映了贾府的奴才们对王熙凤的畏惧，同时也折射出王熙凤鲜明的人物个性。"烈货"是指泼辣货色。货，指人，经常用于詈辞。伊藤版本用了"うるさ型"（刺头）解释了"烈货"部分含义，但由于属于欠额翻译，王熙凤脾气刚烈暴躁一面就基本消失了。此处井波用了"癎癪玉"一词，非常贴切。"癎癪玉"原意是指摔炮，引申为脾气火暴的人。此意象与原文意象符合，取得了很好的映射效果。

案例 7.2

原文　（凤姐）"分明是叫我作个进钱的铜商。"

伊藤版本　まさかわたしにただご馳走になりにおいでとおっしゃるのではありますまいね…（1996年Library版第5卷153页）

井波版本　まさかわたしにご馳走してくださるとでも？（新译《红楼梦》第3卷255页）

分析　此段出自《红楼梦》第45回，王熙凤和探春一行人插科打诨，"监社御史"变成了"进钱的铜商"，这显示了王熙凤幽默亲切的一面。"铜商"，典出《史记》，代指富商或富人，此处是指"白出钱的傻瓜"。伊藤译本和井波译本都采用了"ご馳走"（"になる"或"する"）阐释喻体内容的译法，信息是传递了，但原文背后丰富的文化内涵却无法让目的语读者领略到，这不能不说是一件憾事。

三、伊藤漱平《红楼梦》日译本隐喻翻译特色

在映射论以及刘法公创建的隐喻汉英翻译三原则理论的支撑下，笔者对伊

藤漱平三个版本的 300 条隐喻展开逐条考察并总结归纳出伊藤漱平《红楼梦》日译本隐喻翻译两大类，内分七小类（从 A 到 G）。

第一大类：隐喻概念一致的喻体意象转换，内分两小类。

A　喻体移植，意向等值；

B　喻体移植，意向可以传递；

第二大类：隐喻概念不一致的喻体意象转换，内分五小类。

C　保持原来的喻体，文内加括号注释或文后半部分阐释其意；

D　保留源文本的喻体，文外加注释；

E　保留源文本的喻体，文内文外都不加注释；

F　转换源文本的喻体，保持原文和译文所映射的意象一致；

G　舍弃源文本的喻体，阐释喻体内容。

七小类各占比例如表 3.1 所示。

表 3.1　隐喻翻译类型及占比

列 1	A	B	C	D	E	F	G
所属类别（伊藤）条目数	42	35	54	51	30	29	59
A~G 各占比例（%）	14	11.6	18.0	17	10	9.6	19.6

由表 3.1 可以看出 G 类（舍弃喻体，阐述喻体内容）所占比例最高。舍弃喻体会造成源语文化意象在翻译成目的语时信息受损，无法使目的语读者在译文当中体会到源语的语言魅力，这是不言而喻的。但是语言文化的差异会造成译者无法找到合适的方式去处理译文而只能对其进行阐释。隐喻翻译之难由此可见一斑。

其次是 C 类（保持原来的喻体，文内加括号注释或文后半部分阐释其意）。这和伊藤漱平尊重原文，尽可能地保留原文特色的翻译理念不无关系。作为红学大家，伊藤漱平这样看待《红楼梦》原作和自己的翻译："无论是再有名的翻译，其实质还只是翻译。尽管这样说有为自己赚吃喝之嫌，但对于《红楼梦》这部著作我真的还是希望读者阅读原著。至少我希望我的拙译能抛砖引玉，让读者产生阅读源文本的意愿，哪怕一两人也好。那么这样我的所愿、我的使命也就得以成就。"（笔者译）❶ 伊藤漱平说翻译《红楼梦》的目的在于"抛砖引玉"，引起读者对源文本的兴趣，虽然是谦虚之词，但译者对于源文本的敬仰之心却不容忽视，因为这已经成为译者翻译《红楼梦》的重要理念。

D 类（保持原来的喻体，文外加注释）占第三位。文外注释部分渗透着伊藤漱平对《红楼梦》研究的思索，同时也是其红学研究成果得以展示的一个平台。因此，对一些部分的考证和阐释有独到之处，值得借鉴。作为红学家的伊藤漱平很注重考据，这一特点表现在译文文本上就是注释详细深入。

A 类（喻体移植，意向等值）所占比例也不算少，占第四位。这就意味着汉日认知模式的共同性给在隐喻翻译时带来了很大的便利。

B 类（喻体移植，意向可以传递）所占比例为 11.6%，居第五位。尽管日文中没有相对应的中文隐喻模式，但由于汉语和日语共用汉字，在语言文化上有亲缘性，因此可以按照日本读者熟悉的表达方式翻译。在保证意象准确传递

---

❶ 原文：翻訳はいかなる名訳であっても、所詮翻訳にしか過ぎまい。我が田に水を引くようで気がさすが、「紅楼夢」だけは原文で読んでほしいのである。すくなくとも拙訳は、読者の中から進んで原文に接したいという人が一人でも二人でも出る呼び水になれたらそれで本望、役目は果たせたと心得ている。伊藤漱平. 李玉敬撰『《紅楼夢》詞語対照例釈』贅言 [M]// 児戯生涯　一読書人の七十年. 东京：汲古书院，1994：293.

的同时,让日文读者了解到中国文化,保留原文的精华。这一翻译法也是《红楼梦》其他语种译本翻译所不具备的特色。

E类(保持原来的喻体,文内文外都不加注释)所占比例为10%,次于B类。这一部分尽管保留了源文本的喻体,但由于缺乏映射的渠道,源文本喻体意象无法或很难实现转换。《红楼梦》本身极强的隐喻义义让源文本读者都有难以理解之处,更何况没有相同文化渊源做支撑的目标语读者,其接受效果和审美效果更会受到影响。建议通过文外注释等减少文化亏损。

F类(转换喻体,保持原文和译文所映射的意象一致)所占比例不高,居第七位。实际上在隐喻翻译当中,能够完整地移植源文本的认知模式属于少数,大多数情况是需要转换喻体或做解释。在目标语当中找到映射意象一致的喻体本身需要很多条件,译者对两种语言文化的驾驭能力以及有无文化的重叠性都是其制约因素。

同时,对比伊藤版本和井波版本,可以看出这两个版本在隐喻翻译上表现出一定的趋同性,当然这种趋同性不排除前译的影响。但从总体来看:首先,两个译本呈现出不同的翻译风格。与井波版本相比,伊藤版本在保留源语特色的同时注重阐释,考据翔实严密;而井波版本更注重受众的感受,整体简洁易懂,另外,受京都学派传统的影响,更擅长用训读法和"振假名"等翻译方法。其次,两者都很注重用文外注释的方式进行意象补齐,但伊藤版本文外注释的数量显然超过井波,这是因为伊藤漱平把注释当成一个红学成果发表的阵地,赋予了特殊的解读文本的功能。除了翻译理念的不同,两位译者的年代之差及日本社会文体的变化也是译本翻译差异的原因所在。❶二者共同的特点是都积极采取了保留喻体的翻译方式，此种处理方式在《红楼梦》隐喻翻译中占主流，体现了译者对保留源文本形式所做的努力。

对于《红楼梦》中隐喻如何翻译，莫旭刚提出原则上应该走语义翻译的路，即保留原作中的喻体，不作转换，而把原喻体移植到译语中，哪怕一时不为译语读者所理解。❷这显然是以源文本为中心的见解，认为只有这样译文才能体现源语国家语言、民族文化特色。但是如果源语和目的语之间不存在相似性和映射关系，那么译文就不能正确传递源文本隐喻义象，也就无法为目的语读者所接受，可见"喻体移植"本身是需要条件的。对于无法移植的情况，笔者建议采用"歇后语式的翻译模式"，即在保留源文本喻体的基础上加上阐释性的表达。由此因勉强保留喻体而导致的映射不通问题就会迎刃而解，另外源语文化意象传递也不会阻断。

实际上伊藤译本在多样化翻译策略中"保留源文本的喻体"（包括A类、B类、C类、D类、E类）达到70%之多，这体现了译者对源文本的重视，呈现出异化的特点；同时又顾及了目标读者，希望"译本能够抓住读者的心"，❸

---

❶ 伊藤漱平生于1925年，而井波陵一生于1953年，年龄相差近30岁。这本身就造成了两位译者在文体风格上的差异。不仅如此，日本整个社会的文体变化也是不容忽视的原因。从1950年开始，日本的文体发生了很大的变化，文体风格追求"简洁""平易"，文体的变化必然也会影响到译文文体的变化。伊藤漱平的文体风格带有传统日语的印记，而井波陵一的风格则是日本文体变革之后的产物，既是个人风格的体现，也是时代影响的体现。

❷ 莫旭刚.《红楼梦》隐喻法译研究[J].广东外语外贸大学学报，2010（3）：51.

❸ 伊藤漱平.李玉敬撰《红楼梦》词语对照例释》赘言[M]//儿戏生涯——一読书人の七十年.吴珺，译.东京：汲古书院，1994：293.

在部分表达上选取日本读者熟悉的表达,又呈现出一定的归化的趋势。"伊藤漱平译本把翻译的重点放在了接受者,即译文读者对译文的反应上,并尽力模拟原文的风格。"❶ 这实际也证明了伊藤漱平在翻译的过程中既注重译出语又注重译入语的翻译策略。即一方面要保留源文本的特色而采取异化的策略,另一方面也要让读者充分领略源文本的精华而进行归化,在二者之间寻找平衡点。伊藤漱平《红楼梦》隐喻日译的产生是译者与源文本、原作者、目标读者视域不断融合而产生的结果。

---

❶ 王菲.管窥《红楼梦》三个日译本中诗词曲赋的翻译——以第五回的翻译为例[J].中华文化论坛,2011(5):41.

第四章　伊藤漱平《红楼梦》日译本注释研究❶

一、副文本与注释研究

"副文本"（Paratext）的概念由法国文艺理论家杰拉德·热奈特（Gerard Genette）在20世纪70年代首次提出，他在之后撰写了一系列的论文和论著❷对"副文本"的概念进行完善和补充。热奈特把副文本分为：①边缘或书内副文本（peritext）；②后或外副文本（Epitext）两大类型。前者包括诸如作者姓名、书名（标题）、次标题、出版信息（如出版社、版次、出版时间等）、前言、后记、致谢甚至扉页上的献词等；后者则包括外在于整书成品的、由作者与出版者为读者提供的关于该书的相关信息。如作者针对该书进行的访谈，或由作者本人

---

❶ 本文刊发于2017年《汉学研究》（秋冬卷），收录本书时做了适当修改。
❷ 论著包括法文版《门槛》和英文版《副文本：阐释的门槛》。

第四章　伊藤漱平《红楼梦》日译本注释研究

提供的日记等。❶

之前人们对副文本的关注多集中在其叙事学研究价值上，认为"热奈特对副文本进行的系统研究不仅动摇了片面的传统批评定势，创造性地把文本边缘纳入叙事学的考察范围，填补了叙事学研究的空白，而且为分析小说叙事结构提供了新的批评工具"。❷但随着翻译研究的深入以及翻译对象、翻译素材领域的不断拓宽，研究者的视角转向了副文本，认为副文本是源语和译语之外的"第三种类型的材料"，并且发现"所有关于翻译的思考都是以译者前言的形式附在具体文本里的"❸，是对文本研究的一个重要补充和完善，并且渗透了译者对源文本的理解和对翻译的思考，从而成为人们研究译者对翻译思考的一个重要的依据。

作为副文本的译注究竟在译文中起到了何种作用，王东风❹认为其解决了文化真空时的文化缺省问题，认为文化缺省具有鲜明的文化特性，因此不属于该文化的接受者在遇到意义真空时很难建立理解话语所必需的语意连贯和情景连贯，而添加注释是解决文化缺省的重要方法之一。胡文彬❺则是从红学研究的角度关注了《红楼梦》译本中序跋和注释的作用，他认为这是译者研究红学的表现形式。比如最早翻译《红楼梦》的森槐南就在译文前的小序当中写下了对《红楼梦》的评价"天地间一大奇书"，表明了对《红楼梦》

---

❶ GERARD G. Paratexts thresholds of interpretation [M]. Cambridge：Cambridge University Press，1997，转引自：肖丽. 副文本之于翻译研究的意义 [J]. 上海翻译，2011（4）：17.

❷ 朱桃香. 副文本对阐释复杂文本的叙事诗学价值 [J]. 江西社会科学，2009：39.

❸ 文月娥. 副文本与翻译研究——以林译序跋为例 [J]. 北京科技大学学报（社会科学版），2011（1）：45.

❹ 王东风. 文化缺省与翻译中的连贯重构 [J]. 外国语，1997（6）：58-59.

❺ 胡文彬.《红楼梦》在国外 [M]. 北京：中华书局，1993：11.

的喜爱，并在译文中加注，比如"甄士隐与真事隐音通"，对文本进行解释，便于读者理解。可见，《红楼梦》日译本在初期就很重视副文本的作用。从阐释学的角度来看，加注和序跋也是解释的一种形式。因为源文本中存在太多的空白和未定点，为了缩小理解的偏差，更加趋近理想化的"解释度"，译者通常会采取此种翻译策略。而作为红学家的伊藤漱平在译本中加注除了解释这一层面的意味之外，还对新的红学研究成果进行了更新，赋予了注释新的功能和意义。

由于篇幅所限，本文所涉及的副文本主要是指注释。

二、伊藤漱平版本注释要述

随着伊藤各版本的变化，注释标注位置也有所不同。1958年全译本与1973年奇书本的注释皆附在章回末尾，而在1996年Library译本中，注释则都放到了每一册的末尾，以便于读者尽快查阅，把握译本全貌。

本节把伊藤漱平版本的注释分成文外注释和文内注释分别展开考察。

（一）文外注释

"文外作注是用以解决文化缺省最常见，也是最有效的方法，特别是在处理文化缺省比较密集的语篇"。❶伊藤漱平版《红楼梦》也是如此，文内注释不

---

❶ 王东风．文化缺省与翻译中的连贯重构[J]．外国语，1997（6）：58．

常见,基本都是文外注释。在 1996 年 Library 版中,文外注释都放到了书的末尾,便于查阅。由于注释不受空间限制,相对于文内注释而言篇幅较长,内容也自成一体,相对完整。

伊藤版本的文外注释大致可以分为 3 种情况:①与文化相关的概念注释;②与人物考据相关的注释;③对源文本词汇的解释。

1. 与文化相关的概念注释

该部分是文外注释的重点,内容几乎涵盖红楼梦涉及的各个领域,包括对地名、剧名、典故等文化负载词概念的注释。比如第二十九回当中对"南柯梦"的注释:

案例 1

关于"南柯梦"

原文注释　南柯夢——「南柯記」(明の湯顕祖の作。唐の李公佐の同名の短編小説による)のこと。淳于棼が夢中槐安の国(蟻のお王国)に遊び、栄達を極めるが、夢醒めて人生の虚しさを悟るという筋。前の二幕とことなり、めでたい芝居とは言えぬ。後室はそれゆえ顔を曇らせたのである。賈家の栄達、奥の栄えも紅楼の一夢なるを暗示したもの。(1996 年 Library 第 3 卷 第 400 页)

注释译文　南柯梦——指的是明朝汤显祖所作,根据唐朝李公佐的同名小说改编的《南柯记》。其大意是淳于棼在梦中游玩槐安国(蚂蚁王国),从此仕途平步青云,但梦醒之后幡然悟出人生虚幻的真相。与前两出戏不同,此剧不能称其为喜剧,由此贾母沉下了脸。此剧暗示着贾家的荣华以及兴盛也只是红楼一梦而已。(笔者译)

阐释的演化：伊藤漱平《红楼梦》日译研究

　　案例分析　该部分来自《红楼梦》第二十九回，贾府女眷去道观听戏的场景。前两出戏是《白蛇记》和《满床笏》，预示着贾家兵戎起家，子孙富贵；而第三出戏是《南柯梦》，讲的是梦中历尽荣华但醒来方知是梦的警世故事。这三出戏暗示了贾家从富贵到衰败、富贵皆成黄粱一梦的过程，所以贾母这时"听了便不言语"。"南柯梦"也是曹雪芹在小说中的众多隐喻之一。在注释中伊藤漱平用简洁的语言介绍了剧情，由剧情分析贾母不悦是因为《南柯梦》非喜剧，并指出其预示着贾家其荣华富贵也如同南柯一梦，最后消失殆尽的悲惨结局。这些注释对读者理解译文起到了很好的提示作用。考察文本后发现伊藤漱平并不是只要涉及与文化相关部分就设注释，比如对于典故类等就只选取与源文本背景有关的词条进行解释，并且内容恰到好处，绝不冗长。

2. 与人物考据相关的注释

　　此类注释多为译者考证成果，内容包括版本研究等。为了帮助读者更好地理解作品，译者会深入考证与作品内容相关的部分，并阐明自己独特的观点，一般篇幅稍长。对于深度研读译本的读者来说，该部分非常有参考价值。

案例 2

关于章回回目"秦可卿　死して禁尉に封ぜられること"

　　原文注释　この回目の原文は「秦可卿死封竜禁尉」。いまそのままに訳出したが、実は竜禁尉の官職を買ったのは可卿の夫たる賈蓉であり、八次句と対句にした原文自体に無理がある。元来この回目は、脂評によると「秦可卿淫喪天香楼」であったのを、周囲の勧めもあり、憚るところあって作者が下五字を改めたため、この無理が生じたもの。なおまたこの回はそうした作者

第四章　伊藤漱平《红楼梦》日译本注释研究

の顧慮によって、当初の約三分の二にちぢめられたとおぼしく（脂評）、その
ため明瞭を欠くふしがあるが、可卿が急に死んだのは病勢があらたまったた
めでなく、舅の貫珍と天香楼で不義密通の最中、侍女の瑞珠と宝珠とに見咎
められ、恥じてみずからくびれて死んだのである。（第五回の「十二釵正冊」
および「紅楼夢曲」の可卿を詠んだ部分を参照されたい。）可卿の病気を描い
た第十・十一回のあたりは、右の修正を受けて作者以外の人物が補った可能
性が大きい。これらを念頭において読むならば、家中の者が可卿の死因に不
審を抱いたとの記述や、貫珍のこの回における種々の異常な振舞に対する読
者の疑問も解けようか。（1996 年 Library 本第 2 卷第 341 页）

　　注释译文　此句的原文是"秦可卿死封龙禁尉"，在此完全按照原文译出。
但实际上买龙禁尉官职的是秦可卿的丈夫贾蓉，因此（内容上）作为八字对仗
句显得牵强。根据脂本的评注，此句原为"秦可卿淫丧天香楼"，但经周围人
提醒，顾虑再三之后修改了后五个字，因而使得逻辑不通。另外，此处因为作
者以上的考量，在内容上缩减了三分之一（脂本的评注），因此有些部分内容
欠清晰。可卿突然离世不是因为病情加重，而是和她的公爹贾珍在天香楼通奸
被侍女瑞珠和宝珠撞见，羞愧难当悬梁自尽的（可参照第五回的《红楼梦正钗》）
以及《红楼梦十二曲》中可卿部分。描写可卿生病的第十回、第十一回作了以
上的修改，很可能作者以外的人在内容上作了增补。了解到以上背景，对秦可
卿家人不解死因的描写以及贾珍在这一回当中种种异常反应，读者的疑团就会
迎刃而解。（笔者译）

　　案例分析　这条注释是对第十三回回目"秦可卿死封龙禁尉"这一章回的
费解之处作的考证和解释。可以看出此处的考证完全是站在读者的立场上出发

的。如果没有注释，读者首先会对章回的回目感到不解，其次对内容的衔接产生疑惑。这个注释实际上从信息传递上对正文作了重要的补充，而并非可有可无的点缀。正如伊藤自己所言，了解到以上背景，读者对内容的不解就会消解。如果说翻译是戴着镣铐跳舞，那么对于身兼红学家和红学翻译家的伊藤漱平而言，注释则成了可以发挥译者主体性的阵地，在此留下了很多译者的痕迹。因此，对译注的研究必然成为翻译研究的不可分割的一部分。关于秦可卿身故之谜，伊藤在论文《金陵十二钗和红楼梦十二支曲》（备忘录）一文中作了考证，此条注释便是考证的成果。

> "第十、第十一两回，我认为恐怕是乾隆丁丑年以后，根据畸笏叟的指示，曹霑删去了第十三回'秦可卿淫丧天香楼'的一节，经由脂砚而非棠村之手补写，而余下的第九、第十二两回是曹霑的原作或近似其原作（补写的部分较少）。那么，按照以上考虑，秦可卿这一人物就并非出自棠村之手，而是曹霑根据曹家秘事的一部分取材而成，有依史而做的成分。"❶

对译文背景了解是翻译必做的功课，作为红学家的伊藤漱平因为有了渊博的红学基础作铺垫，其对文本的把握一定会更加准确，也更加能翻译出源文本的精髓。伊藤漱平很注重考据，这一特点表现在译文文本上注释得详细深入。孙玉明评价说伊藤漱平译本"大量的注释中，又总是蕴含着丰富的史料和有关信息"。❷ 甚至英译《红楼梦》的译者霍克斯也将它作为翻译时的重要参考。伊

---

❶ 伊藤漱平.金陵十二钗和红楼梦十二支曲[M]//吴珺,译.伊藤漱平.伊藤漱平著作集:第2卷.东京:汲古书院,2008:137.

❷ 孙玉明.伊藤漱平的红学成果[J].红楼梦学刊,2005(1):270.

第四章 伊藤漱平《红楼梦》日译本注释研究

藤漱平在《二十一世纪红学展望：一个外国学者论述〈红楼梦〉的翻译问题》中回忆道："在其序的末尾，他（霍克斯）谈到由于参考了 1970 的拙译（第二次改译本）的注释，大大地省去了搜寻所需要的令人厌烦的时间。"❶

对于文外注释的优点，王东风指出："在于能较好地体现原作者的艺术动机和原著的美学价值，同时可以利用注释相对不受空间限制的特点，比较详细地介绍有关的出发文化的知识，并有利于引进外来语，读者通过注释解决了意义真空点，沟通了与上下文的关联，从而建立起语篇连贯。"❷ 这主要是从解决文化缺省的角度而言的。从伊藤漱平版本来看，文外注释的目的并不仅仅在于"建立起语篇连贯"，而加深读者对源文本文化背景的理解、及时更新红学研究成果才是其添加大量注释的初衷所在。

3. 对源文本词汇的解释

此类注释是为了让读者更好地把握语篇而设置的，也是对于一些双关用法、隐喻用法以及诗词的意境无法在语篇内更好地处理而采取的补偿行为。

案例 3

关于"内の人"

原文注释　妻が他人に向かってその夫をいう「外子」に対し、夫がその妻を他人に向かっていう語が「内人」。ここでは前出「外人」に対する「身内の者」の意と両様に利かせて賈璉・赵氏两人を皮肉った。

---

❶ 伊藤漱平. 二十一世纪红学展望：一个外国学者论述《红楼梦》的翻译问题 [J]. 红楼梦学刊（增刊），1997：20.

❷ 王东风. 文化缺省与翻译中的连贯重构 [J]. 外国语，1997（6）：58.

注释译文　原文是"内人"。妻子向他人称自己的丈夫为"外子",而丈夫向他人说自己的妻子为"内人"。在此处(作为妻子之意的"内人")与前面出现的"外人"相对而言的"至亲"形成双关之意来讽刺贾琏赵氏二人。(笔者译)

案例分析来自第十六回的第十条注释。这句话是王熙凤趁着前面的"内人""外人",来了一个一语双关,表面上是指那些不相干的远亲,其实还有一层意思在里面,那就是指常常和贾琏做苟且之事的"内人"(相好),王熙凤借此讽刺贾琏,可谓滴水不漏,具有高超的语言艺术。对于原文中几次出现的"内人""外人"的所含之意即便是中国读者也会感到有费解之处,更何况目的语(日本)读者,一定会觉得不知所云。因此,加入注释并阐释其要表达的真意无疑更有助于读者理解原文文意。

(二)文内注释

为了使读者能够顺畅地通读译文,伊藤版本较少地使用了文内注释。但值得关注的是,对隐喻的翻译当中有一些是可以用日文当中相近的表达来替换的部分,译者也没有做替换,保留了中文的表达,在此之后加括号用文内注释的方法解释。

案例 4

关于"兔死狐悲,物伤其类"

原文　兔死狐悲,物伤其类,不免感叹起来。(第五十七回)

译文　『兎死すれば狐悲しむ(今日は人の上、明日は我が身の上)』『物その類を傷む(同類あい憐れむ)』というものだわ。こういって、ついため息を

つかずにはいられません。(第 6 卷第 312 页)

  分析 日文中没有兔死狐悲的说法，但译者为了保留源文本的特色，保留了中文的说法，并在其后加括号阐释其意为"今日は人の上、明日は我が身の上"(今天是他，明天是我)；同样，"物伤其类"也可以直接用括号中的"同類あい憐れむ"来取代，但译者还是采取了保留中文的说法并加注释进行解释的做法。由此可见译者对源文本的尊重，同时也可以感受到伊藤漱平作为汉学家为传播中国古典文化所做的努力。

案例 5

关于"一动不如一静"

  原文 一动不如一静。我们这里就算好人家，别的都容易，最难得的是从小儿一处长大，脾气情性都彼此知道的了。(第五十七回)

  译文 『一動は一静に如かず(待てば海路の日和あり)』というけれど、こちらさんがそのまま似合いのお婿さんまというものだわ。ほかのならざらにあるなかで、なにより得がたいのは、子供のころから共に生い立ち気心もなにも底の底までたがいに知り抜いた間柄なのだから。(第 6 卷第 286 页)

  注释原文 「一动不如一静」。余計な行動に出るよりも静観していた方がよいの意に用いる。天竺から飛んできたという伝説のある杭州霊隠山の名所飛来峯をめぐって宋の孝宗と輝僧との問答に見えることば。飛んで来たというならなぜ飛び去らぬかとの下問にこの六字で答えたという。

  注释译文 一动不如一静，即与其采取无谓的行动还不如静观其变之意。出现在宋孝宗和和尚僧端围绕天竺飞来的杭州灵隐寺飞来峰的一问一答中。既然飞来为什么不再飞走呢，辉僧用了"一动不如一静"来作答。(笔者译)

案例分析　凭借汉字，日本读者大概可以猜测到"一動は一静に如かず"的大概意思，但无法生成与源文本读者同样的感受。因此，译者在其后加了文内注释"待てば海路の日和あり"（耐心等待），并用文外注释阐释了"与其采取无谓的行动还不如静观其变"之意。从此句来看，由于"待てば海路の日和あり"是象征日本海洋文化的一个表达，因此如果直接代换确实比较突兀，让人产生中国文化中也有类似意境的错觉。另外，从文外注释当中也可看出伊藤译本注重出典，注释中介绍道此句话是宋孝宗和和尚僧端围绕天竺飞来的杭州灵隐寺飞来峰的一问一答中出现的，当时孝宗问既然飞来为什么不再飞走呢？僧端巧妙地用了"一动不如一静"来作答。通过文内和文外注释清晰地交代了"一动不如一静"的含义以及典故的背景，使目标读者既了解了其含义，又增加了对背景的理解。

三、三个版本的演化

从形式上来看，1958 年与 1973 年译本的注释均附在了每一个章回的末尾，而 1996 年 Library 译本则将注释都放到了每一册的末尾，更便于读者尽快查阅。1958 年的译本注释只有序号，没有词条名称，在阅读时需要返回正文相应部分确认，会给读者的阅读带来不便。而 1973 年以后的版本增加了词条名称，便于查阅。不仅如此，1973 年版本词条的数量超过 1958 年版本，并且在内容上更为细致丰富。

比如说在第一回当中，1958 年版本第一回共有 29 个注释（内含两条补注），而 1973 年版本则增加到 54 个词条，几乎增加了一倍，增加的内容主要体现在对文化相关的概念解释和与人物相关的注释上。比如增加了"温柔の鄉""劫""茫茫大士と渺渺真人""班姑・蔡女""空空道人""三生石""絳珠草"等在文本中具有深厚文化韵味的词汇，增加这些词条的注释更有助于读者对译文的理解，同时对中国传统文化感兴趣的读者还可以更加深入地理解中国古典文化。1996年译本基本沿用了 1973 年版本的内容，数量变化也不大（53 条），有一些细节部分进行了调整和完善，部分增加了译者对该词条独特的理解和阐释。"青埂峰"的注释比较有代表性，可以从中找出端倪。

1958 年版本（15）——青埂は情根と音通。梗と根は北京音では語尾の子音に ng・n の差があるが、江南で幼時を過ごしたと覚しい作者はこれをしばしば通わせて用いる。（译文：青埂与情根同音。梗和根在北京话中其韵母的最后音节有 ng 和 n 的差异，但作者很可能在中国江南度过幼年时代，因此经常混用。）

1973 年版本——青埂は情根と音通（脂注）。北京音では梗（geng）と根（gen）は語尾の子音がことなるが、その区別のない江南で幼時を過ごしたとおぼしい作者は、これをときどき通わせて用いる。［译文：青埂与情根同音（脂本）。在北京话当中梗（geng）和根（gen）其韵母的音节不同，但作者很可能在中国江南度过幼年时代，而当地并没有区别使用，因此有时混用。］

1997 年版本——青埂は情根と音通（脂注）。北京音では梗（geng）と根（gen）は語尾の子音がことなるが、その区別のない江南で幼時を過ごしたとおぼしい作者は、これをときどき通わせて用いる。男性の象徴たる男根を思わせる山容か。［译文：青埂与情根同音（脂评）。在北京话当中梗（geng）和

根（gen）其韵母的音节不同，但作者很可能在中国江南度过幼年时代，因此有时混用。或许是山的形状令人想起象征男性的男根吧。]

可以看出从1958年版本到1973年版本，仅"青梗峰"的注释一处就有4处修改。其一，增加了"脂评"字样，表明了出处，更有据可依；其二，在"梗（geng）"和"根（gen）"之后标注了读音，一目了然；其三，在江南前面加上了定语"その区別のない"（无此区别），从而更加客观地指出中国南方人的发音特点；其四，将"しばしば"（常常）修改成"ときどき"（有时），表述时频度降低，但无疑"ときどき"（有时）更符合实情。从1973年版本到1996年版本几乎没有大的改动，只增加了一句作者的阐释，认为"山的形状令人想起象征男性的男根"。这体现了伊藤漱平在考据之余的一点"索隐"精神。❶从注释内容的删改情况来看，译注不断改进，可读性不断增强。

在《二十一世纪红学展望：一个外国学者论述〈红楼梦〉的翻译问题》中，伊藤漱平这样说道："不过，即使说是勉强完成也罢，我已经是年过七十岁的人了。但朝着二十一世纪，注意长生，像松枝老师那样，我不再进行一次周到的改译也是死不瞑目的。这就是执着吧。"❷这样的执着体现在《红楼梦》翻译的方方面面，对译注的一次次修改和完善使得伊藤漱平版本的译注具有很高的学术价值和参考价值，甚至成了霍克斯的参考对象。伊藤漱平着手翻译《红楼梦》之时年仅30多岁，要翻译如此广博的鸿篇巨制面临的挑战可想而知。伊藤漱

---

❶ 孙玉明在高度评价了伊藤漱平红学研究成就的基础上，指出"伊藤漱平与中国'新红学考证派'中的某些人一样，在一些考据性的文章中，往往充溢着浓厚的索隐倾向"，同时认为"索隐派"的研究方法并非真正的学术研究。参引自：孙玉明.伊藤漱平的红学成就[J].红楼梦学刊，2005（1）：277.

❷ 伊藤漱平.二十一世纪红学展望：一个外国学者论述《红楼梦》的翻译问题[J].红楼梦学刊（增刊），1997：28.

第四章 伊藤漱平《红楼梦》日译本注释研究

平用三年的时间完成了全译本的翻译,并且在其后的 40 年之内又两度重译。如果不是对《红楼梦》和翻译工作有极度的热爱,是很难做到精益求精,不断超越的。其 3 次改译的译本在日本不断重印,发行数量可观,获得了很高的赞誉。田仲一成在《伊藤漱平教授的生平与学问》一文中评价说:"尽管当时文学界公认先生译本已经达到很高水平,先生并未止步于此。1995 年,先生再施朱笔,着手第三次翻译,费时两年完稿,是年已届七十二高龄。这个版本被收入平凡社文库,广泛流行于读书界,大大促进了《红楼梦》在日本的普及。"❶ 该版本"译文表达精准,注释绵密细致,对前一版本有很大的超越。这当然与中国国内这二十年间红学研究的进步有很大关系,但更让我感受到的是译者(伊藤漱平)欲将研究成果严密准确地表现在译文当中的永不知疲倦的探索精神"。❷

伊藤漱平不仅研究《红楼梦》,翻译《红楼梦》,还通过"赏读《红楼梦》同友会"❸,实际品尝《红楼梦》中的美食来感受和宣传红学。"赏读《红楼梦》同友会"除了品尝《红楼梦》中所出现的珍馐美食之外,还每次颁发学习材料,对原作进行考证和再现,同时对译文进行推敲和阐释。所用版本是伊藤漱平所翻译的平凡社版本。伊藤这样描述了第 7 次(最后一次)品尝莲叶馄饨时的情景:

> 第七次(最后一次)品尝到了莲叶馄饨羹的美味。我的译文当中"それに少し蓮の若葉のすがすがしい香りを添えたまで。食べられたのもス

---

❶ 田仲一成.伊藤漱平教授的生平与学问[J].国际汉学研究通讯,北京:中华书局,2010:218.
❷ 丸山浩明.书评伊藤漱平译《红楼梦》[J].二松学舍大学人文论丛,(61):102.
❸ "赏读《红楼梦》同友会"是茶之水女子大学教授中山时子在 2008 年继"老舍读书会""红楼梦读书会"之后牵头成立的第三个研究会,成立之初有 50 多名会员,但由于口碑很好,到了第四回以后人数就迅速扩大到百名以上,地点也由三笠会馆的秦淮春变更到银座的全聚德店。

· 93 ·

ープがよかったせいでございましょ。鶏を何羽か使って"（原文：借点新荷叶的清香，全仗着好汤，拿几只鸡……）这样翻译道。不光形似，通透诱人的皮中间夹着美味，莲叶入口的瞬间便唤起一阵阵的清香。享受着极尽奢华的莲叶羹，让我再次深深地体会到了中国饮食文化的博大精深。❶

从此句表述中可以读出伊藤漱平对自己所译《红楼梦》的喜爱和自豪之感，可以说伊藤漱平的生活甚至是生命都与《红楼梦》紧紧联系到了一起。在品尝着美味的同时，检视和回味着自己的译文，这一定又是另外一番极致的享受。

伊藤漱平完成了三次大规模的改译，这在《红楼梦》翻译史上实属罕见。伊藤漱平为何要三易其稿？笔者认为对源文本"意义"的不断追问、与历史中不断变化的读者展开对话的意识等是促使其重译的直接动力。在阐释过程中，不断修正自己的前见，在一次次改译中完善和升华，实现了译文的演化。

四、伊藤漱平《红楼梦》日译本译注特征

（一）参照校本多

比如第二十二回第6个注释是关于袭人的，译者作了如下的解释：

---

❶ 曹雪芹.红楼梦：第3卷[M].伊藤漱平,译.东京：汲古书院，2008：280.最終回第七回で蓮の葉のワンタンスープを食することができた。訳文んには「それに少し蓮の若葉のすがすがしい香りを添えたまで。食べられたのもスープがよかったせいでございましょ。鶏を何羽か使って」とある。これを再現されたかと思うが、透き通った中に旨みが凝縮され、蓮華を口元に運ぶたびにすがすがしさを呼び起こしてくれた。贅を盡くしたスープを堪能し改めて中国食文化の奥行を深く実感した。

第四章 伊藤漱平《红楼梦》日译本注释研究

依校本而译。红楼梦稿本以及程乙本都把"袭人"改成了"紫鹃",从前后关系来看,因为袭人没有陪同前往,所以做了这样的改动。但是,在庚辰本的同一处附有夹注,即"此时的宝玉稍加指责便会精神混乱的状态,而袭人能够敏锐地见机行事",意即褒奖袭人因采取灵活机动的应对方法而避免宝玉陷入混乱的状态,由此可以推测原稿本可能因此而得。❶

从注释中可以看出,为了一个词的注释,伊藤往往会查阅庚辰本、戚本、程本等版本,以求最确凿的表达。这既是对原作者和源文本的尊重,也是对读者负责态度的具体体现。

(二)考证细致

比如关于《红楼梦》十二支曲子的唱词究竟唱的是谁和谁的关系,译者对此几次考证,反复推敲。随着对《红楼梦》考证的不断深入,译者对原作品当中所要表达的内容更加了然,因此译注也会因考证的不断细化而更加准确。

在《金陵十二钗和红楼梦十二支曲》一文中伊藤漱平详细地描述了这一过程:❷

---

❶ 曹雪芹. 红楼梦:第 3 卷 [M]. 伊藤漱平,译. 东京:日本平凡社,1996:387. 日语注释原文为"校本に従う。红楼梦稿本及び程乙本は、この「袭人」を「紫娟」に改めて作る。前後の関係からいえば、袭人は伴をしてきているわけではないため、こう改めたのであろう。ただし、庚辰本のこの箇所には夹评が付せられ、「このときの宝玉は、ちょっと谏められただけでも错乱状态となるは必定で、袭人は機を見るにはなはだ敏である」として、パニック状态にさせまいと配慮する袭人のタイミングの取り方を賞揚しているところを見ると、原稿本も恐らくこうだったのであろう。"

❷ 伊藤漱平. 金陵十二钗和红楼梦十二支曲 [M]// 吴珺,译. 伊藤漱平著作集:第 2 卷. 东京:汲古书院,2008:137.

《红楼梦》十二支曲子的第一首（太田先生称之为"第二首"），笔者与太田教授的意见基本一致。因此，我想把拙译本同一回当中第32条译注"唱词是指宝玉和宝钗"修改为"唱词唱的是宝玉和宝钗、黛玉的关系"。（另外，第三行第四行是在高启的《梅花》九首中第一首"雪（薛）满山中高士卧，月明林下美人来"的基础上而作。）关于第二首，笔者以前解释为"唱的是宝玉和黛玉"（同一回译注33），太田教授与我的观点基本一致，如今笔者解释为"唱的是黛玉、宝钗和宝玉的关系"。❶

综上可见，关于《红楼梦》十二支曲子中的第一首究竟吟唱的是谁，译者为了厘清这一点颇费了一番周折。从"唱词是指宝玉和宝钗"到"唱词唱的是宝玉和宝钗、黛玉的关系"再到"唱的是黛玉、宝钗和宝玉的关系"，随着译者对资料把握的不断完善，对原文的理解也日渐加深，细致的考证使译文更加趋近于原文的精髓，又促进了译文的进步，这是相辅相成的。

（三）出典精确、见解独特

《红楼梦》所涵盖的领域广泛，是一本涵盖中国传统文化的百科全书，而伊藤漱平的译注就是对其中最关键部分进行阐释，没有深厚的中日文化底蕴

---

❶ 原文是：さて、その「红楼梦」曲の内容であるが、第一支（太田教授のいわゆる「第二支」。以下同じ）に就いては、筆者もほぼ同意見である。従って、拙訳書同回訳註三十二で「寳玉と寳釵を歌ったもの。云々」と記した箇所は、「寳玉を寳釵・黛玉との関係において歌ったもの」と補正しておきたい。（なお、その第三行・第四行は、高啓の「梅花」）九首其ノ一の句「雪（薛）満山中高士臥、月明林下美人来」を踏まえたもの。第二支については、筆者は従前「寳玉と黛玉を歌った曲」だと解し（同回訳註三十三）、太田教授もほぼ同様の見解を示されたが、現在の筆者は「黛玉・寳釵を寳玉との関係において詠んだ曲」として解する。

第四章　伊藤漱平《红楼梦》日译本注释研究

是难以胜任此翻译工作的。尤其是1973年版本和1996年版本，对每一个涉及中国文化的词条都有出典，一部分是自己的考证成果，另一部分是查阅《红楼梦》的各种批本所得。伊藤漱平版《红楼梦》是红学家翻译而成，其考证成果可谓硕果累累。早在昭和二十五年前后，吉川幸次郎对伊藤漱平所撰写的论文就大为赞赏，认为其论文"条理清楚且香气四溢"（zachlich でしかも香気ある），"领悟了考证学的真谛——实事求是的精神"（考証学の要諦「実事求是」の精神に叶っていた）❶，红学研究50年，伊藤漱平对《红楼梦》的理解和阐释都在译文和注释中得以体现，也成为伊藤漱平版区别于其他版本的一大特色。

注释部分渗透着伊藤漱平对《红楼梦》研究的思索，同时也是其红学研究成果得以展示的一个平台，他对一些部分的考证和阐释有独到之处，值得借鉴。"伊藤先生对于《红楼梦》各种批语的考证，其精密程度有时超越中国学术界的前人的成就，日本红学的学术水平由此得以提升，为下一代的后继研究打下了极为坚固的基础"❷，日本著名的汉学家田仲一成对伊藤漱平的成就作的总结尽管有需要考证之处，却很好地概括了伊藤漱平的红学成就和红学地位。

自1954年10月发表第一篇红学论文《曹与高鹗试论》之后，伊藤漱平在此后的50年中几乎从未间断过对《红楼梦》的研究和翻译工作，发表红学文章近50篇，范围涉及有关红学的方方面面。他往往就一个问题先后撰写多篇文章，不断加入红学界的新成果、融入自己的新思考，使结论更为严谨。❸《红楼梦》

---

❶ 伊藤漱平.伊藤漱平著作集：第1卷[M].东京：汲古书院，2008：522.

❷ 田仲一成.伊藤漱平教授的生平与学问[J].国际汉学研究通讯，2010（1）：223.

❸ 孙玉明.伊藤漱平的红学成果[J].红楼梦学刊，2005（1）：259.

的翻译引发了伊藤漱平对更多问题的思考，而《红楼梦》的研究又为更好地传递源文本的意境提供了绝好的条件。二者互相促进，相得益彰，结出了丰硕的果实。"可以毫不夸张地说，伊藤先生为国际学术界提供了一个如何从事文学翻译及文学研究的成功典范。"❶

五、结语

本章对伊藤漱平版《红楼梦》中作为副文本的注释作了概览式的考察，但实际上伊藤版《红楼梦》注释中含有更加丰富的内容值得挖掘，比如，第一，可以通过文本细读的方法对其不同时期三个版本的译注展开对比研究，从而有助于客观地描述其注释随着对红学研究的不断深入而逐渐成熟，并以此推动整体译文不断完善的过程；第二，对其译注当中渗透着的对原文的阐释与主张的提炼把握，无疑能更好地展示译者翻译主张和翻译实践之间的关系；第三，除了注释这一侧面之外，伊藤版《红楼梦》中还有像解说、凡例、人物介绍表等重要的副文本，这些研究对于把握伊藤漱平的翻译风格与当时整个社会的大语境之间关系也起到了重要的作用，有助于翻译研究的拓宽和深入。这些课题都有进一步细致研究的价值。

---

❶ 潘建国. 求红索绿费精神——日本汉学家伊藤漱平与中国小说《红楼梦》[J]. 国际汉学研究通讯，2010（1）：240.

第五章　文体差异与典型人物阐释策略[1]

一、引言

"任何一个作者动笔的时候，心目中都有一群假想的接受者，他不一定想到具体接受者的个人特点，但是对这个群体的共同的历史背景、文化特征、思想认识、语言习惯是心中有数的，这个共性的'数'越清楚，作品的效果就越好。"[2] 文学创作如此，翻译也是如此。从广义上来说，翻译也是一种再创作，因此译者在从事翻译活动时也会产生自觉的读者意识。这是因为"译者为了充分实现其翻译的价值，使译作在本土文化语境中得到认同或发挥特定的作用，他在原文选择和翻译过程中，就必须关注其潜在读者的'期待视野'（Horizon

---

[1] 本文刊发在2019年《日语学习与研究》第1期中。收录时作了修改。
[2] 金隄.等效翻译探索[M].北京：中国对外翻译出版公司，1998：40.

of Expectation)。"❶ 而不同的读者意识也会对译者的翻译策略以及文体风格等产生决定性的影响。

不容忽视的是源语作者有自己的风格，译者也有译者的风格，因此译者从事翻译工作中就会流露出独有的文体意识和译者痕迹。在翻译这个复杂的交际过程中，译者在源语作者和目的语读者之间做着语言和文化的权衡考量。阐释学认为翻译是译者和原作者的一场平等的对话，那么在这场对话中译者如何将自己的文体风格融入原作的风格中，如何使译作风格接近原作风格，译者面临着多重选择，需要做出一系列的决策。

同样是《红楼梦》日译本的全译本，伊藤漱平版本和井波陵一版本呈现出了不同的特色。伊藤漱平的《红楼梦》译本一共有五种版本，1996年Library本集三次改译之精华，也是本研究的主要参照版本。井波陵一翻译的《新译红楼梦》于2013年9月至2014年3月相继在岩波书店出版，是时间最近的全译本，并于2015年2月获得读卖文学翻译奖。两个版本都带有明显的译者痕迹和时代印记，对研究各自版本的读者意识和文体决策的形成起到了很好的参照作用。

本文将《红楼梦》中语言风格特色最突出的王熙凤人物语言作为研究对象，描述伊藤漱平版本和井波陵一版本的异同，并在此基础上结合两位译者的读者意识，剖析两位译者各自选择不同文体风格的必然性。

---

❶ 查明建，田雨．论译者的主体性[J]．中国翻译，2003：23．

二、王熙凤人物语言特色

"王熙凤是曹雪芹在《红楼梦》中塑造得最精彩、最成功的文学典型之一。她的美貌泼辣,她的精明强干,她的善解人意,她的巧舌如簧,她的随机应变,她的乖巧机智,她的杀伐决断,她的争强霸道,她的贪赃枉法,她的机关算尽,她的狠毒阴险……真可谓变幻莫测,一人千面!"❶曹雪芹对王熙凤人物语言的描写鲜明而逼真,八面玲珑的形象跃然纸上,使人过目难忘。

《红楼梦》中的人物对王熙凤的是这样评价的:

模样又标致,言谈又爽利,心机又极深细,竟是个男人万不及一的。(第2回,冷子兴语)

再要赌口齿,十个会说话的男人也说她不过。(第6回,周瑞家的语)

你们只听凤丫头的嘴,倒像倒了核桃车子似的!账也清楚,理也公道。(第36回,薛姨妈语)

说了两车的无赖泥腿市俗专会打细算盘分斤拨两的话出来……若是生在小户人家,作个小子,还不知怎么下作贫嘴恶舌呢?(第45回,李纨语)

嘴甜心苦,两面三刀,上头一脸笑,脚下使绊子,明是一盆火,暗是一把刀,都占全了。(第65回,兴儿语)

在《红楼梦》中的400多位人物当中,王熙凤无疑是语言风格最突出、形象最鲜活的角色之一,具有很好的代表性。鉴于此,本研究把王熙凤的人物语

---

❶ 李希凡,李萌.都知爱慕此生才——王熙凤论[J].红楼梦学刊,2001(4):2.

言翻译作为研究对象,通过对其深入考察,论证伊藤漱平版与井波陵一版《红楼梦》在翻译文体风格上的异同以及其决策背后的成因。

三、案例分析

本节选取王熙凤有代表性的言语表达,以此考察伊藤版王熙凤语言翻译特色,并兼与井波版本展开对比,剖析两个版本文体风格的异同及其决策背后的成因。伊藤版译本底本前八十回采用中华书局出版,俞平伯校订、王惜时参校的《红楼梦八十回校本》,后四十回以俞校本所附的程甲本为底本,并参照各种脂砚斋注本和程伟元注本翻译而成。井波版译本前八十回以庚辰本《脂砚斋重评石头记》为底本,后四十回以程甲本为底本。案例原文均出自《红楼梦八十回校本》(俞校本)。

案例 1

俞校本 "天下真有这样标致人物,我今儿总算见了!况且这通身的气派,竟不像老祖宗的外孙女儿,竟是个嫡亲的孙女,怨不得老祖宗天天口头心头一时不忘。只可怜我这妹妹这样命苦,怎么姑妈偏就去世了!"(第三回)

伊藤版本 「広い世間には本当にこんな器量よしもいらっしゃったのですわね。わたくし、今日初めてこの目で実物を見られたというものです。それに、この全身からにおうようなご気品は、どう見てもお祖母さまの外孫でいらっしゃるとはうけとれません。内孫の姫さんとしか見えませんものね。これな

第五章　文体差异与典型人物阐释策略

らお祖母さまが毎日のようにお噂もされ、お心にもかけていらっしゃいましたのもごもっとも。それにつけてもお可哀想なのはこの方、こうまでご運がわるいとは。なぜにまあ叔母さまったら、あの世へいっておしまいになったのかしら……」（1996 年 Library 版第 1 卷第 94 页）

　　井波版本　「世の中には本当にこんなに美しい方がいらっしゃるのですね。わたしは今日までお目にかかったこともありません。しかも気品にあふれたお姿は、おばあさまの外孫娘どころか、直系の孫娘ではありませんか。道理でおばあさまが来る日も来る日も口になさり心にかけて、片時もお忘れにならなかったわけです。それにつけてもお気の毒なのはこちらのこうした不幸な命（さだめ）、どうしてよりによっておばさまは亡くなってしまわれたのでしょう。」（《新译红楼梦》第 1 卷第 47 页）

　　分析　在这一段当中王熙凤既夸奖了黛玉，又讨好了贾母，同时又恭维了"三春"。由此可以看出王熙凤八面玲珑、善于逢迎的性格。从版本来看，庚辰本与俞校本有两处不同：一处"我今儿才算见了"，另一处是"竟不像老祖宗的外孙女儿"。没有本质的差异，不影响翻译的结果。①从译文文体风格来看，伊藤版本翻译得更加具有古典韵味，而井波版本则更平实易懂。比如说，"器量よし"相对于"美しい"而言更雅致些，"わたくし"相对于"わたし"也郑重许多，而"全身からにおうようなご気品"与"気品にあふれたお姿"相比，无疑前者更靠近原文，而后者更接近读者。另外，"嫡亲的孙女"伊藤版本翻译成"内孫の姫さん"，用「姫さん"一词烘托出豪门贵族的浓重气氛。而井波的译文是"直系の孫娘"，平实了许多，这和井波版本的整体氛围也是一致的。②从人物形象塑造来看，伊藤版本中所用的"わたくし"后面加了顿号，凸显了"我"，语气

· 103 ·

更强。"この目で実物を見られた"一句也能感受到王熙凤上下打量林黛玉的眼神，颇具临场感，可以看出此句译文中伊藤版本的王熙凤要强势一些。但不可否认两个版本都有一个缺陷，就是没能翻译出"我这妹妹"这一个表达。透过"我这妹妹"其实可以感觉到王熙凤想拉近和黛玉之间的距离从而博得贾母的欢心，但日文和中文在称谓上不同，日文无法直译，如果译的话只能用"ちゃん"来表示，但在日文当中对于第一次见面的黛玉是没法用"ちゃん"来称呼的。因此无论是伊藤还是井波都用了"こちら"这一表达。"こちら"是表示方位的代词，也可以读出"这边"之意，但与"我这妹妹"的语感还是有差异。

案例 2

俞校本 "妹妹几岁了？可也上过学？现吃什么药？在这里不要想家，想要什么吃的，什么玩的，只管告诉我；丫头老婆们不好了，也只管告诉我。"一面又问婆子们："林姑娘的行李东西可搬进来了？带了几个人来？你们赶早打扫两间下房，让他们去歇歇。"（第三回）

伊藤版本 「あなたお幾つになられて。やはりお勉強はしておいででしょうね。いまどんなお薬を飲んでいらっしゃる？ こちらにいらしたからには、お家を恋しがったりなさってはだめですよ。召し上がり物、お遊びのお道具、よろずご入用の品はどしどしわたくしにおっしゃって。召し使いや婆やたちに不都合がありました時にも、包まずにおっしゃってくださいね。」そういう口から今度老女たちにたずねて、「林の姫様のお荷物は運び込みましたか、お供はいくたりついてこられたの。あんたたち、大急ぎで下部屋を二軒ほどお掃除して、その人たちに休んでもらいなさい。」(1996 年 Library 版第 1 卷第 95 页)

第五章　文体差异与典型人物阐释策略

　　井波版本　「あなたはおいくつ？ お勉強はなさっているの？ いまどんなお薬を飲んでらして？ ここではお家のことを思い出してはいけませんよ。食べたいもの、遊びたいものがあったら、私に言えばいいの。侍女やばあやたちが怪しからぬ時も、私に言えばいいの。」そう言いながら、また召し使いたちに尋ねました。「林のお嬢様のお荷物は運び込みましたか。お付きのものは何人連れていらしたのですか。おまえたちは早く二間の召し使い部屋を掃除して、その人たちを休ませてあげなさい」（《新译红楼梦》第1卷第48页）

　　分析　王熙凤为了讨贾母的欢心，通过一连串贴心的询问表现出自己对黛玉生活起居非常关心呵护，同时又能让人充分感受到王熙凤作为大观园大管家的权威。从版本来看，庚辰本与俞校本有一处不同："丫头、老婆们不好了"，多一个顿号，可忽略不计。在这一部分的处理上，伊藤版本和井波版本有诸多不同之处。首先，在文体上伊藤版本依旧采取了非常郑重的形式，"お幾つになられて""お勉強はしておいで""お薬を飲んでいらっしゃる""召し上がり物""お遊びのお道具"等表达，从敬意上来说程度非常之高，由此也可以看出在伊藤版本中王熙凤是把林黛玉作为一个贵族公主来看待。同时"なさってはだめですよ"（可不能想家）"包まずにおっしゃってくださいね"（不要隐瞒告诉我）等表达可以传递出王熙凤的泼辣和厉害；而井波版本中黛玉的形象有所不同，"あなたはおいくつ""お勉強はなさっているの""食べたいもの""遊びたいもの""私に言えばいいの"等表达的使用让人感觉到黛玉还是一个未成年的小女孩，王熙凤的语气也如同邻家姐姐般亲切了许多，甚至能感觉到王熙凤弓着身子询问黛玉的场景。另外，从对林黛玉的称呼上来看，伊藤版本翻译成"林の姫様"，是林公主之意，现实中基本不用；而井

· 105 ·

波版本处理成"お嬢様",此称呼在当今日本正式的场合依然使用,让读者产生亲近感。

案例 3

俞校本 "既托了我,我就说不得要讨你们嫌了。我可比不得你们奶奶好性儿,由着你们去。再别说你们这府里原是这样的话,如今可要依着我行。错我半点儿,管不得谁是有脸的、谁是没脸的,一例现清白处治。"(第十四回)

伊藤版本 「こうしていっさいをまかせていただいたからには、わたしとしても、あんたたちにきらわれようがなにしようが、そんなことで遠慮などしておられぬのです。わたしわね、あんたたちのご主人(尤氏)のような、みなを気儘にさせてくださる出来たお方といっしょになりませんからね。それからこちらのお屋敷では先例はこうだなどという口は利かないこと、これからは万事わたしの言いつけどおりに運ぶのです。これっぽちでもわたしの指図に違おうものなら、上のものであろうが、したのものであろうが、手加減はしません。同じように調べ上げて罰しますから。」(1996 年 Library 版第 2 卷第 95 页)

井波版本 「わたしに任された以上、あんたたちに嫌がられることなんかかまってはいられません。あんなたちの若奥様(尤氏)のように、お人好しであんたたちの言いなりになるのとは比べものになりませんからね。「こちらのお屋敷ではもともとこうでした」と言う言い訳は、もう通じません。これからはわたしの指図通りにやりなさい。わたしのいいつけにちょっとでも従わない場合には、体面があろうがなかろうが、一律にきっちり処分します。」(《新译红楼梦》第 1 卷第 237 页)

第五章　文体差异与典型人物阐释策略

　　分析　①从版本来看，庚辰本与俞校本有两处不同：一处是在"原是这样"处打了单引号，即'原是这样'，暗含此话听得太多之意；在"依着我"之后断句，因此后一句就成为"行错我半点儿"。但两个版本内含信息相同，对源文本解读没有影响。②从内容上看，这是王熙凤针对宁国府的五大弊病，发表的措辞强硬但又能体现出其管理才华的就职演说。王熙凤在言谈中，总是把"我"放在话语的突出地位，说话总以"我"开头，言必称"我"，以"我"为话语的视点、中心和归宿。❶短短的一句话中王熙凤就用了5个"我"来发威，具有很强的震慑力。尽管在日文当中，言必称"我"会给人盛气凌人的感觉，不符合日本人的言语表达习惯，但是伊藤版本和井波版本为了凸显王熙凤的这一语言表达习惯，更好地让读者理解到人物的性格，采取了尽可能保留"我"的翻译策略。③从数量上来看，伊藤保留了了4个"我"，而井波翻译了3个"我"，都多于正常日文表达中的"我"的数量。由此也可以看出两位译者为传递原文的意境所做的努力。④从措辞来看，伊藤版本用了"きらわれようがなにしよう"（即便讨厌我，我也不……）"出来たお方"（好人，用敬语形式表达挖苦讽刺之意），"ないこと"（表示禁止，语气生硬强势）"であろうが、であろうが……ない"（不管如何都怎么样，语气强烈），由此王熙凤强势蛮横的人物形象也就跃然纸上了。井波版本的王熙凤与伊藤版本相比，语气的强度明显减弱，"てはいられません"（没功夫搭理），"とは比べものになりませんから"（没法相比），"もう通じません"（行不通）等与伊藤版本相比语气相对客观，由此王熙凤的"辣"劲也就减弱了几分。

---

❶　陈德用，张瑞娥.实用主义话语意识形态与人物个性化的翻译——《红楼梦》中王熙凤个性化语言的翻译[J].外语教学，2006（5）：82.

伊藤漱平对王熙凤这个角色做过如下阐释：

> 一般从男人和女人权力关系这一角度来看，无论是过去还是现在，实际上中国女人一直发挥着强势的作用，正如"惧内"（惧怕妻子，俗话说"怕老婆"）一词所显示的那样，结婚以后的男人常常在家庭里表现出在"内人"，也就是妻子的面前抬不起头的恐妻现象，为小说的世界提供了绝好的题材。曹雪笔下塑造的正是这样的一个王熙凤，人物形象突出鲜明，为一群"娘子军"打抱不平。❶

伊藤眼中的王熙凤是一个强势泼辣的形象，因此译文也凸显了这一形象。由此可见伊藤漱平对源文本中王熙凤形象的把握也影响了其翻译策略。

另外，从字数来看，中文部分共 91 个字，伊藤版本用了 255 个字来呈现，而井波版本则用了 197 个字。伊藤版本不仅字数多于井波版本，其语体表达也更为复杂、句式也更为多变，可见伊藤版本翻译得细致；而井波版本平实，客观上来说更容易被年轻的读者所接受。这完全是两位译者与源文本和读者视域融合的结果。

案例 4

俞校本 "这二十个分作两班，一班十个，每日在内单管亲友来往倒茶，别的事不用管。这二十个也分作两班，每日单管本家亲戚茶饭，也不管别的事。这四十个人也分作两班，单在灵前上香、添油、挂幔、守灵、供饭、供茶、随

---

❶ 伊藤漱平.《紅楼夢》に見る女人像及び女人観（序説）——金陵十二釵を中心として[M]// 伊藤漱平. 伊藤漱平著作集：第 2 卷. 东京：汲古书院，2008：248.

第五章　文体差异与典型人物阐释策略

起举哀，也不管别的事。"（第十四回）

　　伊藤版本　「この二十人は二組に分かれます。十人が一組となり、毎日奥に詰めてお客の出入りの案内とお茶を出すことだけにかかりきり、他のことには手を出すには及びません。この二十人も二組に別れ、毎日親類のかたがたのお食事のご用だけを受け持ち、その他の要件は構うことはありません。この四十人もやはり二組別れ、もっぱらご霊前に控えていて、お線香をあげ、灯油を注ぎたし、幔幕をかけ、それから亡き骸のお守りをしてご飯やお茶を供え、どなたか来られて哭かれるときは、それについて泣き声を上げるようにね。ほかのことには手出しせずともよろしい。」（1996 年 Library 版第 2 卷第 95 页）

　　井波版本　「この二十人は二班に分かれ、一班十人構成で、毎日ただお客様の案内とお茶の接待にのみ責任を持ち、他の仕事には手出し無用とします。この二十人も二班に分かれ、毎日ただ親戚の皆さんの食事にのみ責任を持ち、他の仕事には手出し無用とします。この四十人も二班に分かれ、もっぱら御霊前でお線香をあげお灯明の油を注ぎ足し、幔幕をかけて柩に付き添い、ご飯やお茶を供え、ご遺族が声を上げて泣かれる時には付き従って泣き声を上げるようにして、他の仕事には関わり無しとします。」（《新译红楼梦》第 1 卷第 237 页）

　　分析　这一部分曹雪芹描写了王熙凤雷厉风行的做事态度和有章有法的管理能力。中文部分多为命令式的简单句，听起来干脆利落。王熙凤的语言和林黛玉等相比，更加通俗、平实，多用谚语等比较生动的语言。从译文来看，伊藤版本和井波版本都呼应了原文简洁干脆的语言风格，日文表达没有多余的修饰，直截了当。但细读伊藤和井波的译文，还是能从译者留下的翻译痕迹看出各自不同的特色。首先，伊藤译文更加注重原文，体现了伊藤对源文本每一个

细节描写都尽量保留的翻译策略，有很深的"逐语译"痕迹。"逐语译"，即逐字逐句翻译。比如，"在内""亲友来往"等表达井波译文省略不翻，而在伊藤译文当中一字不落地得以展现，"在内"的译文是"奥に詰めて"，"亲友来往"翻译为"お客の出入りの案内"，翻译得细致入微。笔者认为在汉日翻译的语境下，"逐语译"既是一种翻译方法，即直译；同时也是一种翻译理念，即忠实于源文本、严谨细致的理念。对此，笔者将另撰文论述。其次，原文当中三次出现的"也不管别的事"的翻译也有所不同，伊藤版本分别用了三种表达，"他のことには手を出すには及びません"，"その他の要件は構うことはありません"以及"ほかのことには手出しせずともよろしい"，而井波则采用了基本一样的表达。可见伊藤版本更注重用不同形式的句子表达，增加译文的新鲜感。从版本来看，庚辰本与俞校本不同之处在于把"上香、添油、"等六个词合并成三个词组，既"上香添油、挂幔守灵、供饭供茶"。因源文本标点标注不同，两个版本的译文也因此体现出不同的译者痕迹。

两个版本对"守灵"一词的翻译值得商榷。日文当中有"お通夜のお守りをする"这样的表达，但是两位译者并没有如此翻译，其理由是因为在日本"お通夜"有一系列固定的仪式，流程非常正式严格，与中国传统文化不同。如果直接用"お通夜のお守りをする"来翻译，会误导读者，引起文化理解上的混乱。伊藤处理为"亡き骸のお守りをして"，意思虽然表达无误，但却有商榷之处。「亡き骸」按照辞典的解释是死后灵魂出窍的躯壳（死んで魂の抜けてしまったからだ），与守灵的仪式内容相左；而井波将之处理为「柩に付き添い」（在灵柩边伺候）也不符合源文本意。由此也可以看出要真正地达到与源文本的视域融合是一件不易之事。

第五章　文体差异与典型人物阐释策略

案例 5

俞校本　"国舅老爷大喜！国舅老爷一路风尘辛苦！小的听见昨日的头起报马来报,说今日大驾归府,略预备了一杯水酒掸尘,不知赐光谬领否？"(第十六回)

伊藤译文　「これはこれは国舅殿下にあらせられますか。こたびはなんともはや祝着至極に存じまする。して国舅殿下には、長のご道中まことにご苦労千万、さだめしお疲れでいらせられましょう。わたくしめ、昨日お差立の一番手の早馬のものより、本日殿下にはご帰邸のおもむき拝承、心ばかり粗酒の用意をいたしおきましたなれば、なにとぞ旅塵をおすすぎいただきたく、恐れながらご台輪のうえご嘉納くださりましょうや？」(1996 年 Library 版第 2 卷第 153 页)

井波译文　「国舅さま、おめでとうございます。国舅さまにおかれましては、長旅でさぞお疲れのことでございましょう。わたくしめは昨日の先触れの早馬によりまして、本日ご一行がご帰還遊ばされると承りました。いささか薄酒を整えて歓迎の意を表したいと存じますが、果たして喜んでお受けくださいますでしょうか。」(《新译红楼梦》第 1 卷第 266 页)

分析　此段王熙凤的语言与平时大不相同,用了几处文言表达。王熙凤自幼充男儿教养,没有宝玉等的学识,因此在她的语言表达当中没有太多的雅文雅词。这一段是王熙凤对贾琏开玩笑说的,一向强势的王熙凤向贾琏作揖行礼并用了"风尘辛苦""大驾归府""不知赐光谬领否"等文绉绉的敬语表达,既表现了自己作为妻子谦卑、贤淑、可爱的一面,同时也体现出王熙凤处理人际关系上的心计和谋略。这一行礼不但博取了贾琏一笑,读者也会会心地一乐。那译文是否能传达同样的意境呢？"祝着至極""ご苦労千万""ご帰邸のおも

· 111 ·

むき拝承""ご嘉納くださりましょうや"的使用让伊藤版本的译文显得文体郑重，古香古色。日文读者能感受到此时的王熙凤与平日不同，既谦卑，又有那么一点俏皮。这与源文本中文言体的表达相匹配，很好地传递了源文本的信息。井波的译文也是如此。一向不太使用古典文体的王熙凤对自己的丈夫突然使用敬语本身就已经传递了此时王熙凤这一人物的所思所想。所不同的是，伊藤版本所使用的敬语表达在一些历史剧中才可以听见，为老一辈的日本读者所熟悉，但对如今的年轻人来说可能有些烦琐、陌生，但井波的译文用相对接近现代日文翻译，语言平实易懂。此句庚辰本与俞校本基本相同，"不知赐光谬领否"一句在庚辰本当中是"不知可赐光谬领否"。

案例 6

俞校本　"我又不会作什么湿的干的，要我吃东西去不成？"（第四十五回）

伊藤译文　「あら、わたし、诗（し）（湿）めっぽいの、歌（か）わ（乾）いたのと、そんなものの心得はありませんのよ。まさか私にただご馳走になりにおいでとおっしゃるのではありませまいね。」（1996 年 Library 版第 4 卷第 153 页）

井波译文　「私には湿ったとか乾いたとかいうのは作れませんのに、まさか私にご馳走してくださるとでも？」（《新译红楼梦》第 3 卷第 255 页）

分析　此句庚辰本与俞校本一致。大观园姐妹们要成立诗社，邀请王熙凤当监社御史。王熙凤知道大家醉翁之意不在酒，便打趣说了这句话，话语顿时显得活泼风趣。这反映出王熙凤幽默机智的一面，同时也衬托出王熙凤与李纨以及众姐妹们其乐融融的气氛。曹雪芹笔下的王熙凤是个极有语言天赋的人，本句就是她"玩弄"文字的一个极好的代表。源文本读者读到这里会忍俊不禁，可要让日文读者产生同样感受的确是一件难事，但伊藤漱平做到了。译本中"湿的"译成了"诗（し）（湿）めっぽい"，"诗""湿"同音，由"诗"转为"湿"；而"干"则灵活地翻译成了"歌（か）わ（乾）いた"，"诗"对"歌"，"湿"对"干"，让日本读者也能够心领神会，可以说是神来之笔，具有很高的独创性。《红楼梦》伊藤漱平版本中章回回目和诗词翻译中多处使用了"保留汉字添加振假名"的训读方式对其内容进行阐释。"保留汉字添加振假名"的方式在保留汉字词特有的形象的同时，达到译文简洁凝练的目的。因此在章回回目和诗词当中多见此译法。井波译文在这句翻译中采用了直译加注的办法，也可以传递王熙凤幽默机智的语言风格，但不如伊藤版本直观。

通过以上分析，可以得出如下结论：首先，伊藤译本采取的是正式的文体，语言表达郑重，用词讲究厚重，译文显得古香古色，充满古典的韵味；其次，从对王熙凤译文的翻译可以看出伊藤译文更加注重原文，采取了伊藤对源文本每个细节描写都尽量保留的翻译策略。这也体现了作为汉学家和翻译家的伊藤漱平对《红楼梦》这部作品以及作者曹雪芹的敬仰和尊重。

日本安田女子大学红学家森中美树认为伊藤漱平与其他译者不同，伊藤漱平把《红楼梦》看作（拟）话本体的作品，是用说话人的口气来翻译的。❶这对伊藤漱平的文体风格作了很好的概括。同时，译者个人的写作风格是前理解结构中重要组成部分，对不同译本之间风格差异的形成起着重要的作用。对于

---

❶ 唐均，徐云梅.论《红楼梦》三个日译本对典型绰号的翻译[J].明清小说研究，2011（3）：141.

伊藤漱平的著作《儿戏生涯———一读书人的七十年》以及论著中所表现出的文体特点，常年从事日本《文学界》同人杂志评介、甚至被誉为文坛新人"猎头"的驹田信二评价说其"美文""文体郑重亲切"❶。对此评价，伊藤漱平本人也非常重视，"郑重亲切的文体的深意尽管我还不能完全了解，但是却引起了对它的关注。文集是这三十年间零零碎碎所写的杂文汇集而成，是否有一贯的文体贯穿其中，我自己也不太清楚。以『ますです』的说话体风格翻译了七千多页《红楼梦》，期间又积累了各种执笔经验，也许这些使我变成了'美文家'和'文体郑重亲切'的人了吧"。"美文""文体郑重亲切""以『ますです』结句的说话体风格"可以说也是伊藤漱平《红楼梦》日译本的语言特色。这一特色与译者对源文本的文体判断以及读者意识有关，同时也深深地打上了译者个人写作风格的烙印。

四、伊藤漱平版本的读者意识与文体决策

伊藤漱平曾这样阐述自己对翻译的看法和对读者的期待：

"……尽管对译者来说译本若能抓住读者的心是最大的幸事，但无论是再有名的翻译，究其实质还只是翻译。我希望《红楼梦》这部著作读者能够直接阅读原著，尽管这样说有为自己赚吆喝之嫌。拙译如果能够为此起到抛砖引玉的作用，即读完译作之后产生阅读原著的意愿，哪怕一两人也好。

---

❶ 伊藤漱平. 自跋——処女論文から著作集まで[M]// 伊藤漱平著作集：第1卷. 东京：汲古书院，2008：524-525.

第五章　文体差异与典型人物阐释策略

那么这样我的所愿、我的使命也就得以成就。"❶（笔者译）（もとより訳書が読者を獲るは役者冥利に尽きることながら、翻訳はいかなる名訳であっても、所詮翻訳にしか過ぎまい。我が田に水を引くようで気がさすが、「紅楼夢」だけは原文で読んでほしいのである。すくなくとも拙訳は、読者の中から進んで原文に接したいという人が一人でも二人でも出る呼び水になれたらそれで本望、役目は果たせたと心得ている。）"❷

"译本能够抓住读者的心"，这是伊藤漱平在翻译《红楼梦》时明确的读者意识；从他希望自己的译作能起到唤起读者阅读原作的作用，又可以看出伊藤漱平对原作《红楼梦》的尊重和热爱。对于自己的翻译成绩，伊藤认为"则要企盼包括专家在内的读者们的鉴定"❸，通过这样的表述也体现出伊藤漱平对读者的重视，尤其是对于专家型读者的极大关注，甚至可以猜测认为伊藤漱平的目标读者就是专家型读者。这与井波陵一的目标读者是不同的。

井波陵一的获奖感言中对自己的目标读者以及翻译目的谈得非常明确：

"如果读者能够通过拙译欣赏到中国文化的方方面面，比如说茶、饮食、器具、建筑、诗以及文章的写作方法甚至骂人话等，并由此对整个中国文化产生兴趣，另外再能够领悟到我们存在之本的汉字文化之博大精深，那就太让人欣慰了。《红楼梦》究竟在世界文学中占有何种地位？我发自心底

---

❶ 伊藤漱平. 李玉敬撰『《紅楼夢》詞語対照例釈》』贅言 [M]// 児戯生涯　一読書人の七十年. 东京：汲古书院, 1994：293.

❷ 伊藤漱平. 李玉敬撰『《紅楼夢》詞語対照例釈》』贅言 [M]// 児戯生涯　一読書人の七十年. 东京：汲古书院, 1994：293.

❸ 曹雪芹. 红楼梦解说 [M]. 伊藤漱平, 译. 红楼梦（1）. 东京：ライブラリー平凡社, 1996：419.

· 115 ·

地希望年轻读者当中能够出现对此完美作答的人。"（笔者译）

井波陵一版《新译红楼梦》是以近代日本小说的文体翻译而成，译文流畅易懂，对目标读者的汉文素养没有过高的要求，面向学者的信息都以注的形式给予补充；而伊藤漱平的目标读者是汉文素养较高的人，包括汉学研究和比较文学研究的专业学者，因此伊藤漱平在翻译时注重保持源文本的特色和章回小说的文体特色，并附加大量的注释补充相关知识，甚至有不少是伊藤漱平自己考证而得。译者间的前理解结构差异造就了其各自不同的视域，并相应地在与文本互动过程中形成不同的"视域融合"，最终导致风格各异的翻译版本。

另外一个必须提及的就是两位译者的年代之差。伊藤漱平生于1925年，而井波陵一生于1953年，年龄相差近30岁。这本身就造成了两位译者在文体风格上的差异。不仅如此，日本整个社会的文体变化也是不容忽视的原因。从1950年开始，日本的文体发生了很大的变化，文体风格追求"简洁""平易"，而这一文体的变化必然也会影响到译文文体的变化。伊藤漱平的文体风格带有传统日语的印记，而井波陵一的风格则是日本文体变革之后的产物，既是个人风格的体现，也是时代影响的体现。❶ 因为"尽管译者自身因素是译者风格形成的关键原因，然而译者并非生活在真空之中，译者对源语文本的选择以及译者翻译策略和方法的应用都会受到具体历史时期的社会意识形态、审美观和翻译规范等因素的制约"。❷

---

❶ 吴珺.伊藤漱平《红楼梦》日译本隐喻翻译研究[J].中国文化研究（夏之卷），2017：179.

❷ 胡开宝.语料库翻译学概论[M].上海：上海交大出版社，2011：116.

第六章 "逐语译"与
伊藤漱平《红楼梦》日译❶

一、"逐语译"的定义

"逐语译",即逐字逐词翻译。"翻译可大致分为三类:即今日所说的直译(逐字译)、意译(义译)和豪杰译。"❷也就是说,"逐语译"等同于直译,并且是与"意译"和"豪杰译"相并列的一种翻译方法。笔者考察了日文当中对"逐语译"的解释以及著作当中的使用情况,发现对于"逐语译"并没有明确的概念界定,❸甚至对"逐语译"评价也褒贬不一。

日本学者柳父章对"逐语译"及汉文训读所衍生的翻译方法提出了质疑和

---

❶ 本文刊发在 2018 年《日本问题研究》第 6 期中。收录时作了修改。

❷ 日本国语学会. 国语学大辞典 [J]. 东京:东京堂,1980:841.

❸ 日本大辞林词典对"逐语译"的解释为:又称"逐字译",即按照原文一字一句忠实翻译。原文"原文に従って一語一語忠実に翻訳すること。逐字訳"。

否定。在《日本的翻译论》一文中，他论述道："逐字翻译的问题在于其是否能够正确传达原文含意"，并且尖锐地指出"（汉文训读体的译文）是另外一种日语，这与日常人们用惯的传统大和语言相对立，形成了双层结构的日语"。❶尽管柳父章对汉文训读所带来的直译观采取了否定的态度，但他探讨的是欧美语言与日语之间的翻译问题，提出的话题语境与中日之间的翻译状况无法对应。作为"逐语译"的实践者，日本汉学家吉川幸次郎对"逐语译"作过如下解读。他认为"按照如上思考的结果，我不由得主张逐词翻译，至少不得不把逐词翻译当作目标。也就是说如果说文章的意思是由构成它的词语 abc 来表现的话，它不是 a×b×c=abc，通常它是 a×b×c=a'b'c'。a'b'c' 是一个整体，与其把它转换成一个整体的国语，不如按照い×ろ×は=い'ろ'は' 的形式转换，其中い=a、ろ=b、は=c。然后同时尽可能让い'ろ'は'=a'b'c'，那么这样就可以更好地再现源语词语之间的真实关系和风格"。❷由此可知吉川幸次郎认为通过这样逐字逐句的翻译方式才可以更好地再现原作风格，其翻译理念就是"逐语译"。因此当吉川幸次郎被竹内好划分到意译派中，吉川竟然站出来为此事辩解❸，因为意译在某种意义上会和"翻案"联系到一起。

---

❶ 柳父章，水野的，长沼美香子. 日本の翻訳論—アンソロジーと解題 [M]. 东京：法政大学出版局，2010：312.

❷ 柳父章，水野的，长沼美香子. 日本の翻訳論—アンソロジーと解題 [M]. 东京：法政大学出版局，2010：313.

❸ 20 世纪 30 年代，著名学者、汉学家竹内好曾对吉川幸次郎所译胡适《四十自述》提出过批评，吉川则回应道："'鄙人'非'意译派'，而自认为是'直译派'。他说'鄙人'的态度是中文的意象要尽量不增、不减，原封不动地译为日语'。因此，应该称为'直译派'。然我常常被称作'意译派'，这是因为社会上'只有训读才是唯一正确的直译法观念'蔓延，和'唯有训读才是中文翻译法的观念依然顽固不化'的结果。"转引自：高宁. 论训读法与日本人的翻译观 [M]. 东方翻译，2011：22-28.

第六章 "逐语译"与伊藤漱平《红楼梦》日译

笔者认为：在汉日翻译的语境下，"逐语译"既是一种翻译方法，即直译；同时也是一种翻译理念，即忠实于源文本、严谨细致的理念。

以下论证中笔者所使用的"逐语译"也是在此语境中展开。

二、"逐语译"与伊藤漱平《红楼梦》日译

为了考察"逐语译"在具体文本当中的体现，笔者把伊藤漱平《红楼梦》日译本❶作为参照对象展开研究。这是因为：首先，笔者在对伊藤漱平《红楼梦》日译本考察的过程中发现伊藤漱平版《红楼梦》重视原作，译文表现出明显的"逐语译"特征；其次，伊藤版《红楼梦》在日本受到广泛认可，并且是目前为止中国唯一一个引进的《红楼梦》日译本，颇具代表性。

案例 1

原文 "天下真有这样标致人物，我今儿才算见了！况且这通身的气派，竟不像老祖宗的外孙女儿，竟是个嫡亲的孙女，怨不得老祖宗天天口头心头一时不忘。只可怜我这妹妹这样命苦，怎么姑妈偏就去世了！"

伊藤版本 「広い世間には本当にこんな器量よしもいらっしゃったのですわね。わたくし、今日初めてこの目で実物を見られたというものです。それに、この全身からにおうようなご気品は、どう見てもお祖母さまの外孫でいらっしゃるとはうけとれません。内孫の姫さんとしか見えませんものね。これならお祖母さまが毎日のようにお噂もされ、お心にもかけていらっしゃいまし

---

❶ 曹雪芹.《红楼梦》[M].伊藤漱平，译.东京：株式会社平凡社，1997.

· 119 ·

たのもごもっとも。それにつけてもお可哀想なのはこの方、こうまでご運がわるいとは。なぜにまあ叔母さまったら、あの世へいっておしまいになったのかしら……」(1996年版第1卷第94页)

  分析 这一段是王熙凤初见林黛玉时在众人面前一次出色的亮相和表白。从译文来看，源文本中的每一个词都可以找到相对应的译文。比如第一句，"天下"对"広い世間"，"真"对"本当に"，"这样"对"こんな"，"标致人物"对"器量よし"，"有"对"いらっしゃった"等，字字对应，几乎没有遗漏。该部分伊藤漱平采取的"逐语译"翻译方法。可以看出伊藤漱平希望通过"逐语译"的方式表达对《红楼梦》原作的尊重。如何鉴别是否是"逐语译"，可以参照高宁通过对鲁迅译文的量化分析，澄清直译概念。他这样论述道：①翻译单位。……以词组为翻译单位比较合适。只要它们的排列呈现出与原文同序的倾向，就可视为直译。②语序翻译的基本原则——即"'以无标记对无标记''以有标记对有标记''以常规对常规''以变异对变异'的原则。"❶以此为标准检验伊藤版译文，不难发现译文符合此两条标准，是属于"逐语译"的翻译方法。并且高宁认为："鲁迅之所以能够倡导直译观，其背后潜在的语学基础，笔者以为正是汉日语序的相似性。"❷实际上，"在中国现代翻译史上，在理论和实践中提倡直译的，大都是日文翻译家（如梁启超、特别是稍后的鲁迅、周作人等）"，❸这为中日翻译中存在的"直译"范式又提供了一些理论上的依据。

---

❶ 高宁.论鲁迅直译观的语学基础[J].山东社会科学，2013(10)：78.
❷ 高宁.论鲁迅直译观的语学基础[J].山东社会科学，2013(10)：79.
❸ 王向远.二十世纪中国的日本翻译文学史[M].北京：北京师范大学出版社，2001：23.

第六章 "逐语译"与伊藤漱平《红楼梦》日译

案例 2

原文 "这二十个分作两班,一班十个,每日在内单管亲友来往倒茶,别的事不用管。这二十个也分作两班,每日单管本家亲戚茶饭,也不管别的事。这四十个人也分作两班,单在灵前上香、添油、挂幔、守灵、供饭、供茶、随起举哀,也不管别的事。"(第十四回)

伊藤版本 「このニ十人は二組に分かれます。十人が一組となり、毎日奥に詰めてお客の出入りの案内とお茶を出すことだけにかかりきり、他のことには手を出すには及びません。このニ十人も二組に別れ、毎日親類のかたがたのお食事のご用だけを受け持ち、その他の要件は構うことはありません。この四十人もやはり二組に分かれ、もっぱらご霊前に控えていて、お線香をあげ、灯油を注ぎたし、幔幕をかけ、それから亡き骸のお守りをしてご飯やお茶を供え、どなたか来られて哭かれるときは、それについて泣き声を上げるようにね。ほかのことには手出しせずともよろしい。」(1996 年 Library 版第 95 页)

分析 这一部分曹雪芹描写了王熙凤雷厉风行的做事态度和有章有法的管理能力。中文部分多为命令式的简单句,听起来干脆利落。从译文来看,伊藤版本呼应了原文简洁干脆的语言风格,日文表达没有多余的修饰,直截了当。译者对源文本每一个细节的描写都尽量保留的翻译策略,留下了很深的"逐语译"印记。比如,"在内""亲友来往"等表达在伊藤译文当中一字不落地得以展现,"在内"的译文是"奥に詰めて","亲友来往"翻译为"お客の出入りの案内",翻译得细致入微。除了以上两例,对伊藤漱平《红楼梦》译文展开文本细读可以发现,伊藤漱平"逐语译"的翻译特色明显。

· 121 ·

译者为何要采取"逐语译"的翻译方式？其背后有何翻译理念支撑？为此笔者查找了伊藤漱平的著作以及其撰写的50多篇关于《红楼梦》研究的论文。但遗憾的是，其中只有两篇与《红楼梦》翻译相关，并且只谈及对霍克斯和松枝茂夫的翻译。但从伊藤漱平对霍克斯和松枝茂夫的评价中仍然可以窥见他的翻译观。该文中伊藤漱平对霍克斯所译《红楼梦》译本和他为《红楼梦》的传播所做的贡献给予了高度评价，认为"有传达原作神韵、并且带有正确的解题、解说的各国语的翻译"是让《红楼梦》这部代表中国的长篇小说在世界文学之林占据一席地位的前提和保证。伊藤漱平对霍克斯教授吩咐出版社寄来的第三册《红楼梦》译本的评价是："从回目到双关语无不忠实于原做出色地译了出来。精妙考究的译文、译诗令人惊叹不已。"❶ "忠实于原作""传达原作神韵的翻译"，可以说这也是伊藤漱平在时间跨度长达50年中三易其稿所追求的目标。在伊藤漱平心目当中，原作的分量是超过译作的。他认为再有名的译作也只是译作，尤其是对于《红楼梦》这部作品，他最终的希望是读者通过阅读自己的译作而产生直接阅读原作的愿望

采取"逐语译"的方式翻译，最大限度地尊重原文，在这样的翻译思想观照下，"逐语译"也就成了伊藤漱平的必然选择。这一翻译方法，其实来源于汉文训读。"这种从平安时代就存在的训读法，千余年来潜移默化地影响着日本人的翻译观，使得直译的观念在日本的翻译界、学界深入人心，使得译者在翻译作品时，忌讳过多地修饰与删改，追求的是逐字逐句、忠实、严谨地翻译原文、再现原文。"❷

---

❶ 伊藤漱平.二十一世纪红学展望：一个外国学者论述《红楼梦》的翻译问题[M]// 伊藤漱平.伊藤漱平著作集：第3卷，东京：汲古书院，2008：8.

❷ 宋丹.语义翻译视角下《蛙》的日译本评析[J].日语学习与研究，2014（4）：23.

可以说"逐语译"是训读法的衍生物，是"日本式翻译范式"的集中体现，深深地打上了汉文训读的烙印。

三、《红楼梦》翻译与"逐语译"风格的传承

回顾日本《红楼梦》翻译史，平冈龙城早在1920年就尝试着用口语体翻译《红楼梦》，具有划时代的意义。森中美树提及的"平冈的译本保留了原文与译词的一一对应"也是必须关注的一点，"原文与译词的一一对应"也就是"逐语译"（逐词逐句翻译），是日本一直以来用训读方式吸收中国古典文化的一个衍生物，其不仅对后来《红楼梦》的翻译有很大影响，对日本汉文典籍的翻译意识以及翻译方法都有很大的影响。明治中期以后日本翻译界发生了关于汉籍译文文体的论争，森中美树指出，业内对于训读与否的意见分歧，很大程度上造成了《红楼梦》的全译本在日本问世的滞后。❶ 并进一步指出，在大正九年（1920）用口语体翻译白话汉文不被认可的特殊年代里，平冈龙城尝试用口语体翻译《红楼梦》，并最终出版《国译红楼梦》前八十回，具有特殊的意义，是日本白话翻译史上的文言文与口语体间的一座桥梁。❷

之后，佐藤春夫用口语体翻译白话文为白话文翻译开了先河。1922年，也

---

❶ 森中美树.日本全译《红楼梦》的历程简述——平冈龙城《国译红楼梦》与白话翻译[J].华西语文学刊，2010（2）：108-115.

❷ 森中美树.日本全译《红楼梦》的历程简述——平冈龙城《国译红楼梦》与白话翻译[J].华西语文学刊，2010（2）：108-115.

就是青木正儿冒天下之大不韪提出了"汉文直读论"的第二年，佐藤春夫用口语体翻译了《今古奇观》。竹内好高度评价说："佐藤春夫先生的文学对我们的文学运动来说是一个指南针，可以说明清文学的翻译是从先生这里开始的。"❶由于有"门生三千"之称的佐藤春夫发表的口语体译文受到社会上的欢迎，口语体便一下子成为白话汉文翻译的主流，训读式的翻译也就逐渐销声匿迹了。❷佐藤春夫翻译的《今古奇观》如下：

> 春になって屋敷中の花と樹とは今を盛りであった。玄微は毎日、朝となく夕となくその間を歩きまはつて居た。ある夜のことである。風は爽やかで月は明るかった。彼は花を捨てて置いててってしまふには忍びなかったから、美しい月の光の下をひとりでさまよふていた。ふとその時、彼は、ひとりの少女が月かげを浴びてゆっくりと歩みてって来るのを見た。(佐藤春夫译《花と風》) ❸

原文　时值春日，院中花木盛开，玄微日夕徜徉其间。一夜，风清月朗，不忍舍花而睡，乘着月色，独步花丛中。忽见月影下一青衣冉冉而为。(《今古奇观》第八卷)

从佐藤春夫以上的译文可以看出其译文是口语体形式，清新易懂。尽管佐

---

❶ 竹内好.竹内好全集：第14卷[M].东京：筑摩书房，1982.转引自：张文宏.佐藤春夫作品と中国古典の比較的研究：翻訳・翻案作品を中心に[D].日本皇学馆大学博士论文，2013：4.

❷ 森中美树.日本全译《红楼梦》的历程简述——平冈龙城《国译红楼梦》与白话翻译[J].华西语文学刊，2010(2)：114.

❸ 佐藤春夫.定本佐藤春夫全集[M].东京：临川书店，1998(28)：132.

第六章 "逐语译"与伊藤漱平《红楼梦》日译

藤春夫没有忠实翻译故事标题,而是选择了自己所喜爱的、与花有关的名字,但是其中内容是采用"逐语译"(逐词逐句翻译)的翻译方法完成的。不仅如此,据张文宏的研究,无论是白话小说《今古奇观》,还是《聊斋志异》,甚至是诗作《车尘集》,其翻译态度、翻译方法基本都是统一的,即努力忠实于原作,采用"逐语译"的方法。❶

作为佐藤春夫的学生,《红楼梦》第一个全译本的译者松枝茂夫无疑也受到了老师的影响,尽管现阶段还没有确凿的数据印证,但据笔者观察松枝茂夫的译文也带有很深的"逐语译"的痕迹。那么伊藤漱平又如何呢?对于前译对自己的影响,伊藤漱平是如此论述的:"(松枝茂夫老师)在翻译《红楼梦》时,边参照龙城苦心先行翻译的内容边进行,反复读下来,就有被译文拉着鼻子走的感觉,因此,便改变方法先自己翻译,然后,再进行对照、参考。实际上,我在翻译之时也有过相同的经历。……把用汉字写成的原文移植为由中国传来的汉字的日文,无论如何总是容易被拉着走的。尤其是我翻译时,已有了两种译本,更是如此。在决定译文之时也有所制约。"❷ 伊藤漱平的叙述当中有两点需要特别关注:首先,译者谈到因为有平冈龙城和松枝茂夫的《红楼梦》在先,因此他在翻译时会受制约。平冈龙城是用训读来翻译的,而松枝茂夫的翻译是"逐语译"的翻译方式,伊藤漱平受到二者的影响则是可以预见的事实;其次,"移植"这两个字尽管有欠妥当之外,但由此可以看出作者在翻译时对每一个汉

---

❶ 张文宏.佐藤春夫作品と中国古典の比較の研究:翻訳・翻案作品を中心に[D].日本皇学馆大学博士论文,2013:22.

❷ 伊藤漱平.二十一世纪红学展望:一个外国学者论述《红楼梦》的翻译问题[M]//伊藤漱平.伊藤漱平著作集:第3卷,东京:汲古书院,2008:12.

字都斟酌处理的翻译方法。

在漫长的时代发展中由汉文训读发展而来的"逐语译"已经成了"日本式翻译范式"❶，它的形成与流变与当时的时代背景息息相关。

四、"逐语译"的形成及流变

"逐语译"是汉文训读的衍生物。根据胡山林的研究，日本平安时期已经形成了直译性的训读方法，并在江户时期（1603—1868年）完成了训读方法的定型化。这其中以研究朱子学为主的"五山学派"在继承传统训读方法基本原则和内容的同时，对传统的训读方法加以改造完善，他们的努力对江户时期训读方法的确立起了决定性的作用。之后"五山学派"的后学接受了"五山学派"训读的基本原则和具体方法，在距今一千多年的时间里，训读无论从内容还是形式上都没有再出现明显的变化。❷

明治时期，由于日本实行了开国政策，大量的西方先进文化涌入，由此也产生了一大批翻译家，如坪内逍遥、森田思轩、二叶亭四迷等。尤其是被誉为"翻译王"的森田思轩创立的"逐语译"的"周密体"对后人产生了很大的影响。

---

❶ "日本式翻译范式"，由柳父章提出，具体表述如下："日本人创建了'汉文训读体'，这和传统的日本大和语言所不同的，专用于翻译的另一种日语书面表达形式。这在世界上也属罕见，是日本人发明的独特的翻译方法。"转引自：柳父章，水野的，长沼美香子.日本の翻訳論—アンソロジーと解題[M].东京：法政大学出版局，2010：3.

❷ 胡山林.训读：日本汉学翻译古典汉籍独特的方法[J].日本研究，2002（2）：233-236.

第六章 "逐语译"与伊藤漱平《红楼梦》日译

水野的❶在考察了明治时期翻译家的翻译论说的基础上提出日本近代,特别是明治时期(1868—1912年),翻译在文学多元系统(literary polysystem)当中占据中心地位,并且"直译"和"意译"这两个存在于翻译系统当中的"对立的翻译范式"为争夺优势地位而不断地展开竞争。同时,这一对立的翻译范式又与"文章体对口语体"这一语言上的对立关系分别形成横轴和纵轴,互为交错。水野的强调说:"对于作为翻译手法之一的'直译',尽管现在也依然受到各种批判,但直译所产生的文体以及表达对丰富近代日语的表达以及文学的创立和展开做出了很大的贡献。"❷当然,这个时期汉文典籍的翻译已经不是主流,西方先进的科技、文化、文学等各个领域的文献和书籍成为翻译的重点,并且在明治时期以后,日本人将所有外国书籍和作品都翻译成规范的现代日语,在"汉文训读体"之外又生发出"欧文训读体""英文训读体"等一批欧文训读法。无论是汉文训读还是欧文训读,其核心都在于最大限度地保持原文风格特征。

20世纪70年代,日本的翻译界出现了新的变化。古野氏为了论证这一变化,收集了从战后1950—1979年间出版的文学以及面向一般大众的非虚构类翻译书籍(包括评论、散文、纪实新书等)共188册,并对其"后记"进行调查,调查结果发现有类似"翻译时尽量做到让读者易懂"(考虑到读者接受)等表述的后记在1950—1960年间仅占整体的15%,而1970年以后则增加了一倍,达到

---

❶ 水野的.近代日本の文学的多元システムと翻訳の位相—直訳の系譜[J].翻訳研究への招待,日本通译翻译学会翻译研究分科会,2010:3.

❷ 水野的.近代日本の文学的多元システムと翻訳の位相—直訳の系譜[J].翻訳研究への招待,日本通译翻译学会翻译研究分科会,2010:3.

了33%。❶这也就意味着到了1970年,译者更加注重读者的感受和接受。同时,随着20世纪50年代至70年代西方语言学的发展,翻译理论逐渐传播到了日本,其中尤金奈达的"动态对等"强调译文读者要与原文读者反映一致,翻译不应追求一字一句的形式对等,而要看重所传递的意义。以色列著名翻译家图里的描述性翻译理论此时也受到学界的关注。在奈达、图里等西方翻译理论的启发下,日本的翻译理论研究空前活跃,日本的翻译理论研究从语言、文化、社会等角度展开,进入了一个新的历史发展期。之后的日本翻译理论研究学者水野的、佐藤氏、古野氏等受到了图里描述性翻译理论的深刻影响,出现了更多呼声:希望作为译文的日语要通俗易懂,去翻译腔,不仅要重视原文,也要关注目标读者,译文应该自然易懂。❷自此,讲究译文的可读性,重视目标读者接受的翻译方法成了翻译的主流,可以说实现了质的飞跃。

五、伊藤漱平"逐语译"翻译的另一个侧面

尽管汉文训读有其不可撼动的影响力,但是对它质疑的声音从来也没有停止过。江户时代最负盛名的儒学者荻生徂徕(1666—1728年)对汉文训读的汉文典籍阅读方式提出了质疑,他认为汉语和日语是体系完全不同的两种语言,而采取逐字配训的训读方式会使两种语言的区别变得模糊,使日本人感觉不到自己是在读外语,主张"汉文直读法"。大正时期的青木正儿继荻生徂徕和明治

---

❶ 古野ゆり.日本の翻譜変化の現れた1970年代[J].通訳研究(第2号),2002:117.

❷ 古野ゆり.日本の翻譜変化の現れた1970年代[J].通訳研究(第2号),2002:117.

第六章 "逐语译"与伊藤漱平《红楼梦》日译

时期的史学家重野安（1827—1910年）之后又一次提出了"汉文直读论"，希望在真正意义上翻译中国戏曲、介绍中国文化，摆脱把中国文学不假思索当作本国文学的藩篱。但毕竟曲高和寡，加上又有像盐谷温等汉学家大力支持汉文训读，青木正儿的主张在那个时代没有得以实现。如前所述，用口语体翻译白话汉文始于佐藤春夫，自此，训读式翻译白话文也就逐渐销声匿迹了，但"逐语译"作为训读翻译的衍生品却保留了下来。

伊藤漱平的《红楼梦》译文带有明显的"逐语译"痕迹，但并不意味着伊藤漱平只重视译出语读者。"译本能够抓住读者的心"，这是伊藤漱平在翻译《红楼梦》时明确的读者意识。同时，从他希望自己的译作能起到唤起读者阅读原作的作用，又可以看出伊藤漱平对原作《红楼梦》的尊重和热爱。对于自己的翻译成绩，伊藤认为"则要企盼包括专家在内的读者们的鉴定"❶，通过这样的表述也体现出伊藤漱平对读者的重视，尤其是对于专家型读者的极大关注。这也就表明实际上译者在翻译的过程中是既重视译出语又重视译入语的。图里也指出，大部分翻译作品都不会处于两个极端，而是处于二者之间的某一个位置，也就是说，译者会决定牺牲某些源于文化的"规范"，同时也会尝试打破某些译语文化的"规范"。

深受图里学术影响的翻译理论家水野的在《日本の翻訳論―アンソロジーと解題》一书导读中 ❷ 并没有用"直译""意译"这样的一元化范式来分析明治时期的翻译家言说，他认为这两个表述当中包含多层意义，为了避免误解，故

---

❶ 曹雪芹. 红楼梦（1）解说 [M]. 伊藤漱平，译. 东京：ライブラリー平凡社，1996：419.

❷ 柳父章，水野的，长沼美香子. 日本の翻訳論―アンソロジーと解題 [M]. 东京：法政大学出版局，2010：37.

而将"直译"和"意译"分别表达为"重视源语""重视目标语"。此举具有很重要的意义,不仅能够打破"直译""意译"二元论所带来的束缚,同时也能够从动态的角度把握译文以及译文的接受,这一表述本身就意味着日本翻译研究的进步。

  按照"重视源语""重视目标语"这一表述去定义伊藤漱平的《红楼梦》译文,可以得出一个结论,就是伊藤漱平的译文重视源文本,译文对原文亦步亦趋,可以认为是继承了汉文直读"逐语译"的风格特点。但同时,伊藤漱平又非常注重读者感受,认为"译本能够抓住读者的心"是译者的一大幸事。从他的译文当中也可以看出,译文有重阐释之处,体现出明显的读者意识。归根结底伊藤漱平在译文中采取的翻译策略是与源文本与读者视域融合的结果,而非简单的直译、意译所能一刀切分的。

第七章　伊藤漱平《好了歌》日译研究

一、引言

"《好了歌》及《好了歌注》的意蕴究竟应当如何理解和阐释，这是一个关涉到理解和阐释《红楼梦》主旨以及曹雪芹思想的重要话题，是理解《红楼梦》命意的重要视角。"❶ 跛足道人《好了歌》及《好了歌注》被认为是《红楼梦》的文眼，是一部《红楼梦》的缩影，对整部《红楼梦》起到了暗喻的作用。从形式上看，《好了歌》语言通俗易懂，如同民谣一样朗朗上口。全诗共 16 句，分 4 个小节，每句 7 个字，每节都是以"好"字开始，"了"字结束，故而得名《好了歌》。从内容上看，全诗在"好"与"了"的反复咏唱之中道出了世人追求功名、金钱、妻妾、儿孙的痴心终将落空。

《好了歌》《好了歌注》可从多个角度进行解读，蕴意深刻。句句工整、句

---

❶ 顾争荣.《好了歌》及《好了歌注》述评[J]. 红楼梦学刊，2011（4）: 297.

末押韵，给译者带来了很大的难度。译文如何做到既有"形"又有"神"，可以说是每个译者都需要绞尽脑汁思考的问题。目前国内对《好了歌》的翻译研究从语种数上看已达5种，除了英语之外，还包括日、俄、罗马尼亚版本等，由此可见《好了歌》翻译研究在《红楼梦》翻译研究中的重要地位。

截至目前，《红楼梦》的日译本共有11种摘译本、8种节译本和5种全译本，❶其中，在5种全译本当中，据宋丹考证，伊藤漱平版《好了歌》的归化倾向最大。❷伊藤漱平对《好了歌》的归化处理并不仅仅是一个孰好孰坏的问题，其背后必定隐藏着译者的翻译意图。本研究希望借助阐释学的观点，以此剖析伊藤漱平版《好了歌》采取归化翻译策略的内在成因。

20世纪80年代中期，阐释学开始被引入我国学术界，对我国学术界产生了很大的影响，在某种程度上也改变了我国翻译理论的研究。在之前的中外翻译界，人们所熟悉的翻译理论基本上都是二元论，比如：直译与意译、归化与异化、内容与形式、语义翻译与交际翻译、不可译与再创造、译者的隐身与操纵等，这会让我们陷入非此即彼的哲学思维怪圈，视野越来越狭窄，分析方法越来越单一。而阐释学强调译者在翻译过程中作为信息接收者的主体地位，重视译文读者的反应，提倡文本的开放性和解释的不可穷尽性。可以说阐释学让更多的学者与译者重新定位了作者、译者、读者之间的关系。"阐释学和接受美学思想在翻译中的应用，不仅改变了我们对翻译本质的看法，而且从根本上改变了传统译论所采取的非此即彼，非对即错，非好即坏的定向思维模式，使我

---

❶ 全译本有：1924年幸田露伴平冈龙城版《国译红楼梦》，1940年10月松枝茂夫版《红楼梦》，1958年伊藤漱平版《红楼梦》，1982年饭冢朗译《新版红楼梦》，2014年井波陵一版《新译红楼梦》.

❷ 宋丹.《好了歌》四种日译本的比较研究初探[J].红楼梦学刊，2014（3）：286.

们能够用一种宽容和开放的心态来看待翻译，并正确地认识翻译在文化构建过程中所发挥的巨大作用。"❶

二、伊藤漱平版《好了歌》翻译剖析

迄今为止有三位学者做了有关伊藤漱平《好了歌》日译方面的研究，但观点见仁见智，褒贬不一。最早研究的是我国台湾的丁瑞滢，她认为伊藤漱平的《好了歌》译文"对仗工整,用日文念来音律和谐。伊藤漱平将原文的"好""了"两字译为日文的"には""とは"，"には"通常用于句中连接语气，而"とは"则用于文末有语气加强之意。正可符合原文中，"好"与"了"二字之语意。"❷宋丹的观点是："'には''とは'在译文句尾的回环往复，不仅营造了独特的节奏感，也创造了一种新奇的视觉效果。可以说，伊藤漱平是四位译者中对译文押韵效果最为重视，也发挥了最大主观能动性的一位。"❸以上两位学者都对伊藤漱平译的《好了歌》给予了很高的评价。但赵秀娟的观点大不相同，她在肯定伊藤漱平为翻译《红楼梦》所做的努力的基础上，认为"伊藤译本对诗歌内容本身的翻译实现了原作的字面意义，但为了取韵而将'好''了'二字简单对译为'には'与'とは'，甚至将《好了歌》名译为'にはとはづくし.'。这种

---

❶ 朱健平.翻译：跨文化解释——哲学阐释学和接受美学模式[M].长沙：湖南人民出版社，2007：17.
❷ 丁瑞滢.红楼梦伊藤漱平日译本の研究[D].中国台湾铭传大学，2005：39.
❸ 宋丹.《好了歌》四种日译本的比较研究初探[J].红楼梦学刊，2014（3）：281.

译法难以实现原作文本在源文化语境中的特定指涉意义，有硬译之嫌。"[1]之所以意见分歧很大，其焦点聚焦于"好"与"了"翻译成"には"与"とは"是否能让目的语读者产生与原文读者同样的感受，《好了歌》翻译成"にはとはづくし"，那"好"与"了"的指涉意义将如何实现？

阐释学认为，每一个文本都存在空白点，并且对空白点的诠释因不同的译者和不同的读者而呈现出不同的样态，都有存在的合理性和价值。而描述性翻译研究方法不再局限于源文本和译文本微观层面上的对照，而是把译文文本置于其产生的社会历史文化语境当中去考察，揭示促使译者选择此种翻译策略的深层次原因。因此，本研究在考察"好"与"了"翻译成"には"与"とは"的合理性的同时，更多地探究伊藤漱平版本采取此种翻译策略的背后成因。

伊藤96版本《好了歌》译文如下：

原文	伊藤译文（1996年版）
世人都晓神仙好，	たれも成りたや 仙人さまには
唯有功名忘不了！	さりとて出世も 捨てきれぬとは
古今将相在何方？	大臣に大将 いずこへ失せたか
荒冢一堆草没了。	草ぼうぼうの 塚荒れほうだい
世人都晓神仙好，	たれも成りたや 仙人さまには
唯有金银忘不了！	さりとて金銀も 捨てきれぬとは
终身只恨聚无多，	朝から晩まで たりぬたりぬで
聚到多时眼闭了，	たりた頃には その眼が閉じる

---

[1] 赵秀娟. 试析伊藤漱平《红楼梦》日译本中《好了歌》及"好了歌注"的翻译 [J]. 红楼梦学刊，2011（6）：211.

第七章　伊藤漱平《好了歌》日译研究

世人都晓神仙好，	たれも成りたや　仙人さまには
唯有娇妻忘不了！	さりとて女房も捨てきれぬとは
君生日日说恩情，	生あるうちこそ　情の見せ場よ
君死又随人去了，	死んだが切れ目　尻をば見せる
世人都晓神仙好，	たれも成りたや　仙人さまには
唯有儿孙忘不了，	さりとて孫子も捨てきれぬとは
世人都晓神仙好，	たれも成りたや　仙人さまには
痴心父母古来多，	親馬鹿殿なら　掃くほどあれど
孝顺儿孙谁见了？	孝行息子の　やれ顔見たきもの❶

注　「『にはとはづくし』原文『好了歌』。この詩の原文が一・五・九・十三の各行の末は「好」の字で終わり、二・四・六・八・十・十二・十四・十六・の各行の末は「了」字で終わっているので名づけた。」(『にはとはづくし』为《好了歌》的译文。此诗原文中一、五、九、十三句句末均以"好"字结句；而二、四、六、八、十、十二、十四、十六句末均已"了"字结句，故取此名)

考察伊藤漱平的《好了歌》，不难得出以下几个特点。

首先，形式上与源文本保持一致。源文本一句七个字，工整对仗，朗朗上口。译文文本将原文文本的每一句断成了两句，并基本保持了统一的调式。在押韵方面，每小节的第一句和第二句分别以「には」和「とは」代替了"好"和"了"，押"a"韵，这与原文的"好"和"了"同押"ao"韵如出一辙。译文字数工整，「には」和「とは」循环重复，因此读起来朗朗上口，犹如唱

---

❶ 曹雪芹.红楼梦：第 1 卷[M].伊藤漱平，译.东京：平凡社，2009：59-50.

· 135 ·

词一般。与源文本相呼应，保持文本的工整和押韵的形式，可以看出译者为此是下了一番功夫的。

其次，所选择的译文通俗易懂，符合源文本刻画的人物身份。伊藤漱平非常注重人物的措辞，甚至对小的细节都精雕细琢。这一段《好了歌》的译文也同样如此。《好了歌》是跛足道人自言自语吟唱出来的，贫困交加、走投无路的甄士隐有一天拄着拐杖走到街上，突见一个"疯癫落脱、麻履鹑衣"的跛足道人走过来，叨念出的就是这首有名的《好了歌》。《好了歌》的风格近似于民谣，所以伊藤在翻译时充分考虑到了民谣的特点，易懂通俗。没有采取训读的译法，而是用日本人熟悉的表达作了阐释性的翻译。比如"功名"译成"出世"（出人头地），"娇妻"译成"女房"（老婆），"恩情"译成"情の見せ場"（人前示恩爱），"随人去"译成"尻をば見せる"（拍拍屁股走人），"痴心父母"译成"親馬鹿殿"（糊涂爹娘），"古来多"译成"掃くほどある"（多得拿簸箕搓），都带了些许民谣该有的"俗"，让人读后感觉到有那么一点点诙谐，又有那么一点点伤感。同时，通过这些"不上大雅之堂"的日文表达，又道出了跛足道人对凡尘俗世之人一生忙碌却最后终究逃不过虚空的讽刺。应该说这是伊藤漱平参透了文本的实际意义而作的非常完美的阐释，没有拘泥于原作的表层结构，而是深入挖掘曹雪芹的深层原意，用大家熟悉的日文表达出来，收到较好效果。伊藤译本在一次次地完善中有整体"改雅"的趋势❶，笔者认为这是译者对《红楼梦》的文本文体以及所描写的贵族宫廷生活作了权衡之后的选择，而在《好了歌》当中译者舍"雅"求"俗"，也恰恰是对《好了歌》的文体及跛

---

❶ 吴珺. 伊藤漱平《红楼梦》回目翻译研究 [J]. 红楼梦学刊，2017（6）：241.

第七章 伊藤漱平《好了歌》日译研究

足道人的身份斟酌之后的又一次选择。随着源文本的文体变化而变化，这从另外一个角度来说也是译者对源文本重视和忠实的体现。

既然如此，为何对伊藤漱平的《好了歌》翻译存在褒贬不一的评价？笔者认为其焦点还是在于对《好了歌》这一题目的处理以及对甄士隐与跛足道人对话的翻译。如果下文没有甄士隐与跛足道人关于"好"和"了"一段对话，那么采取何种方式翻译，可能不会引起太大的争议。但实际如下文：

> 甄士隐听了，便迎上来道："你满口说些什么？只听见些'好''了''好''了'。"那道人笑道："你若果听见'好''了'二字，还算你明白。可知世上万般，好便是了，了便是好。若不了，便不好，若要好，须是了。我这歌儿，便名《好了歌》。"❶

在此段当中"好"与"了"分别出现了 8 次，是最核心的内容。"好"与"了"如何阐释，这本身已经是一个见仁见智的命题。那么如何用目标语语言进行翻译，这对译者来说无疑是一个挑战。尤其是最后合并成的《好了歌》又增加了翻译的难度。"好""了"这两个字译得不巧妙，就无法顺利地译出下文，不能"自圆其说"，可以说《好了歌》最难译的部分就在于此，非常考验译者的功底。因此"所有的《红楼梦》欧美节译本，包括素称严谨的库恩德译本，都删去了这一段关于"好""了"的对话。"❷那么具体伊藤漱平是如何翻译的呢？

关于"好""了"的对话：

---

❶ 曹雪芹.红楼梦八十回校本[M].俞平伯，校订.北京：人民文学出版社，1958：12.
❷ 姜其煌.《好了歌》的七种英译[J].中国翻译，1996（4）：24.

· 137 ·

これを聞いた士隠、急ぎ道士のそばへ寄ってきて、「いったい何をさいぜんから唱えておいでですかな?『には』だの『とは』だのばかり仰せのようですが……」とたずねました。道士は笑って、「ほほう『には』と『とは』のふたことが聞きとれなさったとすれば、なかなかあなたもわかったおかたじゃ。この世のことは万事が、『には』は『とは』だ、『には』は『とは』だ。『とは』でなければ『には』ではない、『には』でありたければ『とは』でなけりゃならん。それゆえ拙道のこの歌は『にはとはづくし』と申しますがな。」

　"好"和"了"处理成"には""とは"是否妥当?《好了歌》翻译成"にはとはづくし"是否保留了源文本的特色? 这确实是评价译文孰好孰坏的一个重要的角度,但是每一个译本的存在都渗透着译者对翻译策略的考量,也是译者所留下来的译者主体体现的主要依据。因此笔者认为与其一味地探讨是否符合翻译规范,不如去剖析译者之所以如此翻译的背景所在。

　首先,对于"づくし""づくし"和"ぞろえ"意义大体相同,日本广辞苑字典的解释是:在歌谣当中,列举同一种类的事物。(もの-づくし【物尽(く)し】歌謡などで、同じ種類の物を列挙すること。「花づくし」「国づくし」など)。"ブリタニカ国際大百科事典 小項目事典"对"物尽(く)し"的解释较为详细,引用如下:

　　「物尽(く)し」①一つの標題を掲げてその同類を数多く列挙する文章表現。「ものはづくし」ともいう。清少納言の『枕草子』で「山は…」「野は…」「東は…」などとあるように「何々は…」という表現がその代表的な

第七章　伊藤漱平《好了歌》日译研究

例。今様（いまよう），宴曲などの歌謡の詞章に多く用いられ，また近世の浄瑠璃，祭文などにもこの例が多い。②邦楽曲の一分類。「尽し物」ともいう。同類のものを列挙していく歌詞の楽曲をいう。地歌の長歌物に多く，『桜尽し』『香尽し』などのように列挙した主題をそのまま曲名としたもの。

由此可见，"ものづくし"是日本瑶曲和邦乐当中曲目的一个分类，歌咏某一类的事物，又称"尽し物"。暂且不谈"には""とは"是否合理，仅从"—づくし"来看，译者充分注意到了《好了歌》的民谣体形式，而且翻译时没有采取一般所采用的训读译法，而是从日本文化中找相似点，采取日本读者所熟知的方式归化处理该段内容，这完全是为了让日本读者更好地理解《好了歌》的内容和形式而采取的翻译策略，并非毫无考量的"硬译"。

《好了歌》的翻译是整部《红楼梦》诗词翻译的缩影。对于《红楼梦》中的诗词翻译，译者曾作过如下表述：

在翻译过程中，我遇到过各种各样的困难。现在无暇一一道来，在此仅介绍一个例子。那就是如何把《红楼梦》中屡屡出现的多姿多彩的诗词移植到日文中来的问题。在日本有一种叫作"训读"的具有悠久历史的方便的翻译方法。如果以这种"按日文顺序读汉文"的形式翻译，原诗中的主要汉字可以留下，而且由于是一种固定的形式，做起来也比较容易，但是考虑再三，我还是选择了以文言诗形式这一困难的方法进行翻译。……经过不断摸索，为了发挥在中国联句的影响下产生于近世（江户时代）的日本连歌、连句的传统，我决定把这些《红楼梦》联句翻译成日本联句的形式。结果便不得不舍弃了原诗中按并列性韵律形成的对句形式，而满足于表现日本连句中由参

· 139 ·

加者造出的被称为"座"的那种气氛。那些译成日文的《红楼梦》联句便处在五言排律的隔句押韵对仗形式的联句和五七调的连锁无押韵的杂言体的联句之间了。翻译，特别是翻译诗实在是极难的事情。以上是为了既说出个人的感想又不陷于抽象，所以列举了一些具体事例。主要是想借此说明，为了理解异文化——包括文学、宗教——就必须跨越存在于异文化之间的巨大鸿沟，哪怕是一些细小方面的情况也要深入掌握。❶

为了让读者跨越存在于异文化之间的巨大鸿沟，译者处心积虑，反复斟酌，没有采取惯常的训读方式，而是选择了相对困难的文言诗的形式进行翻译。这一探索本身恰恰说明译者在读者、源文本和读者之间所起的文化沟通作用，无疑是值得肯定的。

其次，对于"好"和"了"处理成"には""とは"是否妥当的问题，笔者认为还是要回归到"好"和"了"所承载的意义上去考虑。"好"和"了"是有很深的意蕴指向，尽管曹雪芹本人并没有指出如何才能"好"，如何才能"了"，给读者留下了无限的阐释空间。笔者认为曹雪芹不仅是文学家、思想家，还是哲学家，他对社会的洞察达到了常人无法企及的高度。"好"尽"了"来，"了"尽"好"来，周而复始，循环不断。"'好了歌'的一个总的特点似乎是在以超越人生、凌越历史的高度来观照世态人情，从而显出一种清醒而冷峻的处世态度——这符合足道人'众人皆醉我独醒'的傲世面目及其佛道融合的出世人生观。"❷因此，从这个意义上来说"好"和"了"内含的意义张力非

---

❶ 黄华珍，张仕英.文学·历史传统与人文精神：在日中国学者的思考[J].北京：中国社会科学出版社，2003：9-10.

❷ 刘衍青.《好了歌》及其注的话语语境之文化阐释[J]固原师专学报（社会科学版），2005（5）：24.

常大,是必须译出而不得省略的部分,尤其是到了关于"好""了"的对话部分,跛足道人又将"好"和"了"的含义引申一层,充满了哲学意味,令人难以捉摸,但同时又在读者的一遍遍阐释当中获得了某种解释。而"には""とは"在日文当中是助词,不具有具体的意义指向。在《好了歌》部分尽管"には""とは"保持了原文的押韵特色,但是仅靠"には"和"とは"来承载内涵意义如此之丰富和深奥的"好"和"了"确实有勉为其难之处,同时也有造成信息缺失之嫌。

《好了歌》翻译成"にはとはづくし"是否妥当?答案因人而异,但毋庸置疑文学翻译过程中的"翻译度"问题是值得重点关注的。

三、"翻译度"研究的必要性

20世纪90年代中期,受西方翻译学界的影响,我国的翻译研究也出现了"翻译研究的文化转向",即从哲学、社会学、心理学等角度展开的多角度、多学科的翻译研究现象,使我国的翻译学研究取得了突飞猛进的发展。阐释学视角下的翻译研究,描述性翻译研究便是其中的一部分。这些研究开拓了翻译研究新视野,为翻译研究开辟了新的途径。但与此同时也出现了一个不容忽视的现象,那就是多元论的翻译标准造成了翻译评价体系模糊,陷入了一个"只言描述,不谈标准"的怪圈,认为既然所有的译文都是译者的个人视域与原文视域相互融合的结果,那么就一定有其存在的合理性。其实不然,对一个译者来说,"翻译度"是一个必须考虑的问题。

从另外一个角度来说，翻译当中只采取一种翻译策略的情形几乎是不存在的，会表现出文化的杂合性和翻译策略的多样性特征。因为过于异化会因为与目的语国家观念冲突而不被接受，而过于归化势必会造成源文本文化内涵的遗失。由此看来，过度归化和过度异化都不利于源文本文化信息传递。"归化""异化"两种策略的使用归根结底是一个"度"的把握问题。

朱建平关注到了阐释学中"翻译解释的度"的问题，认为解释是翻译的普遍特征，但翻译是有限度的解释。[1]也就是说，文本尽管具有开放性和未定性的特征，但同时还具有确定性，文本的确定性决定了翻译解释的有限性；从译者角度来说，译者除了自身的独特视域，还有公共视域，而公共视域限定了翻译解释的范围，即理想的解释度。吕俊则提出了"底线翻译标准"，认为在不同译者的不同解释下会产生不同的译本，那么"只能设立一个底线标准以排除错误的译文和避免胡译乱译现象，保证符合底线要求的多样性"。[2]王向远[3]等学者也关注到了此类问题。尽管学者们提出问题的角度不同，对问题的表述方式相异，概念的内涵外延也有出入，但译本翻译要有"度"是共通的。"翻译度"的问题也是从事译本评论必须澄清的一个概念，不然翻译评论就失去了"底线"。

"度"的把握则是协调文化差异的核心和关键。"翻译时应从实际出发，中

---

[1] 朱建平. 翻译：跨文化解释——哲学阐释学与接受美学模式[M]. 长沙：湖南人民出版社，2007：207-293.

[2] 李春芳，吕俊. 复杂性科学观照下翻译标准问题的再探讨——论底线翻译标准的必要性和合法性[J]. 上海翻译，2013（3）：3.

[3] 王向远. "翻译度"与缺陷翻译及译文老化——以张我军译夏目漱石《文学论》为例[J]. 日语学习与研究，2015（6）：102.

第七章 伊藤漱平《好了歌》日译研究

西文化差异越大，需要协调的幅度也就越大，需要进行大调；相反，文化差异越小，需要协调的幅度也就越小，只需要进行小幅度的协调；当彼此文化近乎相同时，几乎不需要协调，只要进行语言文字的对应转换，甚至是直接的音译，即空调。"❶ 从这一标准检视"にはとはづくし"这一译文，笔者用它译《好了歌》也并非行不通，其一因为译者在译注中已经明确解释了"には"和"とは"所指代的具体含义，读者可以从中获取必要的信息，不会造成信息遗漏；其二是因为对《好了歌》采取归化的翻译策略更有助于打消源文本和译文本之间的文化陌生感，歌谣体的形式更能使读者深入了解到《好了歌》指向的内涵；其三是因为"にはとはづくし"的整体翻译风格与原文歌谣体非常接近，尤其是"には"和"とは"的使用保持了源文本的押韵和流畅，达到了朗朗上口的效果。因此建议在保留"にはとはづくし"的形式的同时，《好了歌》部分加括号保留汉字"好"和"了"，而在对话部分直接用《好了歌》的直译加"にはとはづくし"振假名的方式向日本读者启示其所含意义可能不失为一个折中的选择。因为中国和日本在文化上具有亲缘性，并且共用汉字。这一便利条件也是其他语种间翻译所不可比拟的。

---

❶ 张慧琴，吕俊.《红楼梦》服饰文化英译策略探索[J]. 中国翻译，2014（2）：114.

第八章　阐释间距与伊藤漱平《红楼梦》日译本的演化[1]

一、引言

"一切翻译就已经是解释，我们甚至可以说，翻译始终是解释的过程，是翻译者对预先给予他的语词所进行的解释过程。"[2] "翻译即阐释"，尽管在阐释学的不同发展时期，这一命题的内涵在不断演变，但已成为翻译界广为接受的概念。在翻译过程中，译者既是源文本的读者，同时也是源文本的译者和阐释者。不仅如此，阐释学还认为，解释者和原作者之间存在一种不可消除的差异，而"这种差异是由他们之间的历史距离所造成的"。[3] 这一历史距离

---

[1] 本文刊发于《曹雪芹研究》2019年第1期。收录本书时做了适当修改。
[2] 伽达默尔. 真理与方法[M]. 洪汉鼎, 译. 上海：上海译文出版社, 2013：540.
[3] 伽达默尔. 真理与方法[M]. 洪汉鼎, 译. 上海：上海译文出版社, 2013：419.

第八章　阐释间距与伊藤漱平《红楼梦》日译本的演化

被称为"阐释间距"❶。"对于诠（阐）释学来说，它（阐释间距）的重要性是不言而喻的，它不仅是理解的必要前提和条件，据伽达默尔，它更是阐释学的'真正家园'"❷。既然解释者和文本原作者之间存在一个"阐释间距"，那么为了还原原作者的意图，"理解者必须首先对文本的创作过程做心理上的还原，悉心体验，彼此认同，借此进入作者的视野，才能重建整个创作的心理过程，解释文本'原意'"❸。

"一国文字和另一国文字之间必然有距离，译者的理解和文风跟原作品的内容和形式之间也不会没有距离，而译者的体会和自己的表达能力之间还时常有距离"❹，因此，由译者和原作者之间历史距离造成的阐释间距可以理解为存在于源文本和译文本之间、源文本与译者之间、译者体会与表达能力之间。这种间距自然产生阐释张力，而阐释者为了消除这些张力而展开的阐释活动，显然是一种有意识的行为，并且这样的阐释行为渗透在翻译过程当中，贯穿始终。

本章把源文本和译者阐释间距之间的内在机制作为考察对象。

日本著名汉学家伊藤漱平"将日本的红学界与中国及世界接轨，让日本的红学在蓬勃发展的世界红学中占有一席之地"❺，为《红楼梦》的译介与研究做出了巨大的贡献。伊藤漱平用了将近 50 年的时间从事《红楼梦》的翻译，为其倾注了几近一生的心血。伊藤漱平《红楼梦》译本一共有五种版本：从 1958 年

---

❶ 阐释间距包括心理间距、语言间距、文化间距、时间间距等，是阐释学领域由来已久的概念，也是阐释学概念的基本前提。随着阐释学的不断发展，其内涵日趋丰富。

❷ 潘德荣，彭启福. 当代阐释学中的间距概念 [J]. 哲学研究，1994（8）：56.

❸ 潘德荣. 阐释学导论 [M]. 广西：广西师范大学出版社，2015：68.

❹ 钱钟书. 林纾的翻译 [M]. 北京：商务印书馆，2009：775.

❺ 丁瑞滢. 红楼梦伊藤漱平日译本研究 [D]. 中国台湾铭传大学应用中国文学研究所，2005：29.

全集本到 1996 年 Library 本，其内容和版式都发生了很大的变化。作为源文本的读者、译者和阐释者，伊藤漱平对"阐释间距"的理解孕育出其独特的阐释意识和阐释行为，这些渗透在《红楼梦》译文当中，并且在一次次改译中得以完善和升华，实现了译文的演化。因此，剖析伊藤漱平对《红楼梦》阐释间距的理解，并描述其《红楼梦》日译本的演化过程，无疑对展示其翻译策略有重要的作用和价值。

二、对阐释间距的认识

伊藤漱平对在翻译《红楼梦》时所面临的阐释间距作过明确的阐述。他认为本国文化和异文化之间存在"巨大鸿沟"❶，并表示"对于这个长篇巨著当中人物诗歌方面的应酬之多感到束手无策，另外，对于饮食场面之多而常常感到不知所措。如何将诗歌翻译成日文以及如何处理饮食用语，对此我费尽了心思"。❷ 为了跨越语言和文化的鸿沟，还原源文本的真意，伊藤漱平不仅在诗歌和饮食的相关翻译，甚至在人名以及其修饰语的翻译上也作了很大的调整。译者有意识的阐释行为以及在此基础上展开的取舍过程，显示出译者本人对阐释间距的明确意识和深刻理解。

例如，对"贾母"的翻译。由于文化的亲缘性，中日共用汉字为人名、地

---

❶ 伊藤漱平. 对异文化理解的深化 [M]// 黄华珍，张仕英. 文学·历史传统与人文精神：在日中国学者的思考. 北京：中国社会科学出版社，2003：9-10.

❷ 伊藤漱平. 通称来自品味《红楼梦》之会的报告 [J]. 吴珺，译. 东京：日本汲古书店，2008：272.

第八章　阐释间距与伊藤漱平《红楼梦》日译本的演化

名翻译提供了诸多便利。因此译者可以选择保留汉字的音读方式进行翻译。但从表8.1可以看出，伊藤漱平并没有采取惯常译法，而是采取了独特的解读方式。"贾母"是《红楼梦》当中最具权威的人物，伊藤版本将之翻译为"ご後室の史さま"或"賈後室"。之所以要译成"ご後室の史さま"，伊藤氏在文后注中作了如下解释：史是娘家的姓，嫁人之后仍沿用此姓。"太君"是对富贵人家母亲的尊称（拥有多种封号者）。因为史氏的丈夫已经过世，因此就译成了"後室"（贵人的遗孀）。❶"後室"在日文当中是"地位很高者的遗孀"，这与贾母的身份和形象相符。这一译文不同于井波版本❷的"おばあさま"（奶奶），也不同于其他译本的音译，烘托出浓厚的古典韵味。可以看作是译者对两种文化阐释间距权衡之后的积极阐释行为。

表8.1 《红楼梦》中部分人名及版本翻译

	伊藤版本 （1958年全集本）	伊藤版本 （1996年Library本）	井波版本
贾母	賈後室	賈後室	おばあさま
贤袭人	賢襲人	賢明な襲人	賢き襲人
俏平儿	俏平児	機転の平児	俏き平児
通灵宝玉	通霊玉	奇しき玉	通霊宝玉
佳人	佳人	妙なる女	佳人
贾夫人	林夫人	賈夫人	賈夫人

---

❶ 曹雪芹.红楼梦：第1卷[M].伊藤漱平，译.东京：平凡社，2009：364.

❷ 井波陵一翻译的《新译红楼梦》于2013年9月至2014年3月相继在岩波书店出版，是时间最近的《红楼梦》全译本。该译本于2015年2月获得日本读卖文学翻译奖。

"贤袭人""俏平儿"的译文也经历了反复推敲,逐渐完善的过程。伊藤1958年版直接借用汉字"賢襲人""俏平児",未作阐释。但伊藤1996年版中"贤袭人"的译文是"賢明な襲人","俏平儿"的译文是"機転の平児"。可见译者对58版该处译文不甚满意,认为这样的处理无助于带领读者跨越存在于两种文化之间的鸿沟。而改译后的译文无论是"賢明な襲人",还是"機転の平児",都是基于伊藤对《红楼梦》中袭人和平儿的性格理解而做出的独特阐释。改译后的"賢明"在日文中的近义词是"利口"(聪明),但其更强调的是"某人对事物判断符合情理"。贾宝玉在七十七回中对袭人评价为"出了名至善至贤之人","賢明"的解读与之相吻合,区别于井波版"賢き"(聪慧)的解读。另外,日文"機転"是指机灵,应变能力强。"你(平儿)就是你奶奶的一把总钥匙"(第三十九回 李纨语)这一句就是对平儿灵活应变能力的总评。伊藤漱平没有受"俏"(俊俏)的字面意思所束缚,而是基于人物形象作了恰当贴切的阐释。"通灵宝玉"也是如此,在初版中音译为"通霊玉",之后改译成"奇しき玉","佳人"在初版中音译为"佳人",在伊藤1996年版阐释为"妙なる女"。这一"奇"一"妙"与源文本神话故事开始的意象相符,同时又构成了形式上的对仗,渗透着译者对源文本《红楼梦》的阐释意识。

　　但不可否认的是译者在翻译时也会受到原有视域的束缚,比如对于贾夫人的翻译。在伊藤初版中被误译为"林夫人",1996年版改译为"贾夫人"。这是因为按照日本人的习俗,女性在结婚后要随夫姓,于是错误地认为林如海的妻子应该是"林夫人"。可见,原有的视域会帮助译者理解文本,同时也会在一定程度上束缚译者的视野。这也从另外一个角度证明阐释间距对译者翻译所产生的影响。

第八章 阐释间距与伊藤漱平《红楼梦》日译本的演化

伊藤版本对于韵文的翻译也体现出了他明显的阐释意识,这样的阐释意识来自于他对阐释间距的深刻把握。《红楼梦》第五十回中联句的翻译就是一个缩影。第五十回当中,大观园众姊妹起了诗社,恰巧此时亲戚朋友的姑娘们也都投靠贾府,一时间诗社热闹非凡。大观园芦雪庵里,群芳们赏新雪、烤鹿肉,这首即景联句诗就在这样热热闹闹的气氛中产生了。联句是我国古代作诗的一种方式,"由两人或多人各成一句一韵、两句一韵乃至两句以上,依次相继,合而成篇"❶,通常的做法是由一人先开头,第二个人对此句,然后再起一句;由下一个人再对,如此轮流。一般以五言或七言为主,也有杂言等形式。表8.2中译文来自伊藤1996年版本和井波陵一版本,井波版本是目前最新《红楼梦》日译本,从翻译策略上与伊藤版本形成了很好的参照。举一例如下:

原文

一夜北风紧(李纨),开门雪尚飘(香菱)

入泥怜洁白(香菱),匝地惜琼瑶(探春)

有意荣枯草(探春),无心饰萎苔(李琦)

表8.2 译文

伊藤版本	井波版本
北風や衰え見せて夜もすがら (一夜北风紧)	一夜北風緊しく(一晩中 北風吹き荒れ)
門を開くれば舞いやまぬ雪 (开门雪尚飘)	門を開けば 雪尚お飄る(門を開けば、雪尚お空に飄る)

---

❶ 吴晟.论联句诗[J].学术研究,2008(4):125.

续表

伊藤版本	井波版本
泥にまみれあわれ潔きを想うらん（入泥怜洁白）	泥に入って潔白を憐れみ（泥に入って失われる白さを憐れみ）
地に散らばえる瓊瑤の惜しまれ（匝地惜琼瑶）	地に匝くして瓊瑤を惜しむ（地面にあまねく散り敷く美玉にため息をつく）
枯草を緑に復すよしもがな（有意荣枯草）	意ありて枯草を栄しめ（思いを込めて　枯草を活気づけて）
心なきにや菱苔飾りつ（无心饰菱苔）	心なく菱苔を飾る（無意識のうちに凋んだ葦の花をよみがえらせる）

中国古典诗歌日译时，通常是采取训读的翻译方法。训读翻译中国古典作品，这在日本已经定型。从表 8.2 中也可看出，井波版本采取的是先训读，然后再附加现代日语的译法，简洁易懂。现代日语译文的附加无疑可以降低阅读门槛，使目标读者群更加宽泛。

但伊藤漱平并没有选择传统的训读译法，而是采取了日本连句的翻译方式，体现出形式上的工整和内容上的古雅。日本的连句，又称和歌，一般有多种样式。通常和歌指的是短歌，由 31 个音构成的定型诗。这些音切分为五、七、五、七、七，上半部分的"五七五"叫长句，下半部分的"七七"叫短句。如第一句伊藤版译文（李纨语）所示，"北風や"是五个音节，"衰え見せで"是七个音节，"夜もすがら"是五个音节"，严格遵守了和歌体的规定。伊藤在 1996 年版第五卷注释中对其翻译策略做了明确解释❶，即"翻译方法上采取了与我国（日本）连句相近的翻译风格"，这是因为"为了理解异文化——包括文学、宗教

---

❶ 曹雪芹. 红楼梦：第 5 卷 [M]. 伊藤漱平，译. 东京：平凡社，2009：405.

第八章　阐释间距与伊藤漱平《红楼梦》日译本的演化

——就必须跨越存在于异文化之间的巨大鸿沟，哪怕是一些细小方面的情况也要深入掌握"。❶ 为了跨越异文化的鸿沟，让日本读者更好地领略到《红楼梦》诗词的意境，伊藤选择了日本连句的翻译方法，避简就繁，可以说是译者再三权衡的结果。

对这一取舍过程译者作了详尽的解释："……如何来翻译这些联句对译者来说可是个大问题。经过不断摸索，为了发挥在中国联句的影响下产生于近世（江户时代）的日本连歌、连句的传统，我决定把这些《红楼梦》联句翻译成日本连句的形式。结果便不得不舍弃了原诗中按并列性韵律形成的对句形式，而满足于表现日本连句中由参加者造出的被称为'座'的那种气氛。那些译成日文的《红楼梦》联句便处在五言排律的隔句押韵对仗形式的联句和五七调的连锁无押韵的杂言体的联句之间了。"❷

需要重点关注的是"译成日文的《红楼梦》联句便处在五言排律的隔句押韵对仗形式的联句和五七调的连锁无押韵的杂言体的联句之间了"这句表达，译者的苦心溢于言表，为了消除文化鸿沟，同时呈现源文本的精髓，译者力求在源文本和读者之间取得平衡。译者意识到了"阐释间距"的存在，并在日本文化当中寻找类似于诗歌的译法以消除这一距离，这是译者认识到阐释间距存在而采取的一个积极的阐释性行为。

---

❶ 伊藤漱平. 对异文化理解的深化 [M]// 黄华珍，张仕英. 文学·历史传统与人文精神：在日中国学者的思考. 北京：中国社会科学出版社，2003：9-10.

❷ 伊藤漱平. 对异文化理解的深化 [M]// 黄华珍，张仕英. 文学·历史传统与人文精神：在日中国学者的思考. 北京：中国社会科学出版社，2003：10.

之所以如此翻译，还有一个重要的原因是伊藤认为"译诗必成诗"❶。训读翻译法尽管历史悠久，但对其是否是真正的翻译，质疑之声从未停止。实际上早在江户时期，幸田露伴（1867—1847年）翻译《三国志》中的诗文部分就采用了"五七五调"的和歌体形式。也由此可以看出对于中国古典的诗词翻译，在日本既有训读的方式的解读，同时也有处理成"五七五调"的翻译方式。但显然，采用"五七五调"的翻译难度是远远要大过其他方式的。由此可以判断不采取训读的方式翻译《红楼梦》诗词是译者慎重思考、积极选择的结果。译者本人也提到："在翻译过程中，我遇到过各种各样的困难。现在无暇一一道来，在此仅介绍一个例子。那就是如何把《红楼梦》中屡屡出现的多姿多彩的诗词移植到日文中来的问题。在日本有一种叫作'训读'的具有悠久历史的方便的翻译方法。如果以这种'按日文顺序读汉文'的形式翻译，原诗中的主要汉字可以留下，而且由于是一种固定的形式，做起来也比较容易，但是考虑再三，我还是选择了以文言诗形式这一困难的方法进行翻译。"❷ "译诗必成诗"，这也是伊藤在翻译《红楼梦》中韵文时的翻译标准。诗歌翻译绝非易事，但译者为了缩小阐释间距，实现更好的接受效果，译者动用了多种阐释手段。不过，诗歌翻译并非人人可以为之，只有会吟诗作赋才能胜任。

由以上论证可以得出，伊藤漱平对阐释间距的理解孕育出其独特的阐释意识，这样的阐释意识在文本的不断改译过程中不断完善。

---

❶ 伊藤漱平. 对异文化理解的深化 [M]// 黄华珍，张仕英. 文学·历史传统与人文精神：在日中国学者的思考. 北京：中国社会科学出版社，2003：10.

❷ 伊藤漱平. 对异文化理解的深化 [M]// 黄华珍，张仕英. 文学·历史传统与人文精神：在日中国学者的思考. 北京：中国社会科学出版社，2003：9-10.

第八章 阐释间距与伊藤漱平《红楼梦》日译本的演化

三、逐步雅化——从未完成的阐释

"……尽管对译者来说译本若能抓住读者的心是最大的幸事,但无论是再有名的翻译,究其实质还只是翻译。我希望《红楼梦》这部著作读者能够直接阅读原著,尽管这样说有为自己赚吃喝之嫌。拙译如果能够为此起到抛砖引玉的作用,即读完译作之后产生阅读原著的意愿,哪怕一两人也好。那么这样我的所愿、我的使命也就得以成就。"❶(笔者译)伊藤漱平认为再有名的翻译也只是翻译,不存在一个终极的译文,而译文的最终目的是激发读者阅读原著的兴趣,因此自己的译文只是把读者引向原著的一个中间媒介。

伊藤漱平自 1954 年 10 月发表第一篇红学论文《曹与高鹗试论》之后,他在此后 50 年来几乎从未间断过对《红楼梦》的研究和翻译工作,发表红学文章近 50 篇,范围涉及有关红学的方方面面。他往往就一个问题先后撰写多篇文章,不断加入红学界的新成果、融入自己的新思考,使结论更为严谨。❷田仲一成在《伊藤漱平教授的生平与学问》一文中评价说:"尽管当时文学界公认先生译本已经达到很高水平,先生并未止步于此。1995 年,先生再施朱笔,着手第三次翻译,费时两年完稿,时年已届七十二高龄。这个版本被收入平凡社文库,广泛流行于读书界,大大促进了《红楼梦》在日本的普及"❸。

---

❶ 伊藤漱平. 李玉敬撰『《紅楼夢》詞語対照例釈』贅言 [M]// 児戯生涯 一読書人の七十年. 东京:汲古书院,1994:293.

❷ 孙玉明. 伊藤漱平的红学成果 [J]. 红楼梦学刊,2005(1):259.

❸ 田仲一成. 伊藤漱平教授的生平与学问 [J]. 国际汉学研究通讯,北京:中华书局,2010:218.

· 153 ·

在翻译过程中，译者视域与源语文本视域相遇，产生了第一次视域融合，融合之后形成的新视域与目的语文化相融合，每一次融合都不同于前一次，是对原视域的超越。不仅如此，视域融合还发生在其他层面，如解释者与文本生产者、新文本与文本信息接受者之间，并且处于动态的、不断融合之中。伊藤漱平三次改译红楼梦，其翻译过程正是一次次视域融合不断深化的过程。"过去只是就《红楼梦》翻译《红楼梦》，通过这次访问，看到了曹雪芹时代的不少实物，有了实感，这对我理解和翻译《红楼梦》很有帮助。今后如有可能，我准备第三次翻译《红楼梦》，并且争取翻译得更好一些。"❶可以说，就是在这一次次与原作者对话所完成的视域融合中，伊藤漱平的译文达到了"逐步完善、精益求精"❷的境地。这样的阐释从未终结。"译者（伊藤漱平）欲将研究成果严密准确地表现在译文当中的永不知疲倦的探索精神"❸也是其不断改译的动力所在。

为了实现把读者更好地引向原著这一目标，伊藤漱平在局部体现出明显的阐释意识，而这样的阐释意识与译者对作品的整体理解有很大的关系。改译痕迹中透露出译者对原作的整体寓意理解，并随着理解的加深而逐步完善。"对一文本或艺术品真正意义的发现是没有止境的，这实际上是一个无限的过程。不仅新的误解被不断克服，而使真理得以从遮蔽它的那些事件中敞亮，而且新的

---

❶ 《红楼梦学刊》记者. 日本红学家松枝茂夫、伊藤漱平应邀访华 [J]. 红楼梦学刊，1981（3）：172.

❷ 宋丹. 《红楼梦》日译本的底本选择模式——以国译本和四种百二十回全译本为中心 [J]. 红楼梦学刊，2015（3）：303-333.

❸ 丸山浩明. 书评伊藤漱平译《红楼梦》[J]. 二松学舍大学人文论丛，(61)：102.

第八章　阐释间距与伊藤漱平《红楼梦》日译本的演化

理解也不断涌现,并揭示出全新的意义。"❶以下将探讨其译文在叙述部分、人物语言部分以及章回回目部分的局部,勾勒并描述其改译趋势和意图所在。

(一) 叙述部分的文体改动

原文　只因西方灵河岸上三生石畔有绛珠草一株。

1958年版译文:西方の霊河のほとり、三生石のかたわらに、绛珠草という草が一株生えておった。(上篇第7页)

1973年版译文:西方の霊河のほとり、三生石のかたわらに、绛珠草と申す草が一株生えておった。(上篇第8页)

1996年版译文:西方の霊河のほとり、三生石のかたわらに、绛珠草と申す草が一株生えておった。(第1卷第31页)

分析　这是《红楼梦》第一回"甄士隐梦幻识通灵　贾雨村风尘怀闺秀"中的一段描写,绛珠仙草解读为黛玉的前身。从例句可以看出1973年版在1958年版的基础上作了较大的改动,甚至连格助词这样的细节也都有多处改动。"という"改成"と申す"看似只是改成了敬体的表达,但实际上却是整体语体统一的一个缩影。

(二) 人物语言部分风格改动

(1) 原文　什么罕物,连人之高低不择,还说"通灵"不"通灵"呢!我

---

❶ 伽达默尔.真理与方法[M].洪汉鼎,译.上海:上海译文出版社,2004:422.

· 155 ·

也不要这劳什子了！

1958 年版译文　チェッ、なにが珍品だい？人物の高下の見きわめもつかないくせして、通霊玉（知恵あり玉）もへったくれもないものだ！わたしだってこんながらくたなんぞいるものか！（上篇第 36 页）

1973 年版译文　なに、珍品だって？人物の高下の見きわめもつかないでいて、通霊玉（知恵あり玉）もへったくれもないものだ！わたしだってもうこんながらくたなんぞいるものか！（上篇第 45 页）

1996 年版译文　なに、珍品だって？人物の高下の見きわめもつかないでいて、通霊玉（知恵あり玉）もへったくれもないものだ！わたしだってもうこんながらくたなんぞいるものか！（1996 年版与 1973 年版相同）

分析　这一段是宝玉得知像林黛玉这样的神仙妹妹都没有玉，于是发作起痴狂病来，摘下玉就摔的场景。1958 年版本把"什么罕物"处理成"チェッ、なにが珍品だい？"，而 1973 年版本将此处改成"なに、珍品だって"，可以说因为这一处改动人物形象也随之发生了变化。1958 年版的贾宝玉因为"チェッ"这一个表达显得心胸狭窄，与人物形象不符，而且之后的"くせして"从整个语境上来说埋怨的语气过重，有与整个文脉脱节之嫌。改动后的"なに、珍品だって"，从语气上要弱于"チェッ、なにが珍品だい"，但恰到好处地表现了贾宝玉第一次见林黛玉时怦然心动的心情，符合贾宝玉的身份。

（2）原文　二十年头里的焦大太爷眼里有谁？别说你们这一起杂种王八羔子们！

1958 年版译文　二十年前むかしのよ、この焦大旦那の眼中にだれがあったってんだ？まして、てめえらみたいな、この十把ひとからげの馬の骨、ど

第八章 阐释间距与伊藤漱平《红楼梦》日译本的演化

畜生の青二才めらなんざ、へん、はなしにもなんねえ！（上篇第 86 页）

1973 年版译文　二十年前のこの焦大旦那の眼中によ、だれがあったってんだ？まして、てめえらみたいな、この十把ひとからげの馬の骨、ど畜生の青二才めらなんざ、へん、はなしにもなんねえ！（上篇第 92 页）

1996 年版译文　二十年前のこの焦大旦那の眼中にいったいだれがあったってんだ？まして、てめえらみたいな、この十把ひとからげの馬の骨、ど畜生の青二才めらなんざ、へん、はなしにもなんねえ！（第 1 卷第 264 页）

分析　焦大有骄傲的资本，因为他的确对宁府的太爷有救命之恩。但他却居功自傲，到处树敌，最后遭到了贾家报复，被下放到乡下的庄子去了。这一段焦大骂的是贾蓉。从伊藤漱平的译文来看，不仅 1958 年版到 1973 年版有了改动，从 1973 年版到 1996 年版又在细节上做了改动。1958 年版的"二十年前むかしのよ"在 1973 年年版本中改译成"二十年前のこの焦大旦那の眼中によ"，区别显而易见。如果按照 1958 年版的译文，强调的是时间"二十年前"，而不是"焦大太爷眼里有谁"，这显然与实际焦大说话要表达的重点不太相符合。而改译后的说法就与源文本的中文语气完全一致了。1996 年版在 1973 年版的基础上增加了"いったい"，意思是"究竟有谁"，反问的语气。更加烘托出焦大口无遮拦泄私愤的醉骂场景。

（三）章回回目的改动

（1958 年版　上篇　章回回目）

賈宝玉　初めて雲雨の情を試みること

劉姥姥　一たび栄国の館に罷り出ること

（1973年版　上篇　章回回目）
　賈宝玉　初めて雲雨の情を試みること
　劉姥姥　一たび栄国の館に参ずること

（1996年版第一冊　章回回目）
　賈宝玉　初めて雲雨（うんう）の情を試みること
　劉姥姥　一たび栄国の館（やかた）に詣づること

刘姥姥如何进了荣国府？就"进"一个动词，伊藤漱平在三个版本中都留下了不同的修改痕迹。笔者曾对此做了分析论证。❶根据分析结果，从1958年版的"罷り出る"（厚着脸皮的进），到1973年版的"参ずる"（如仆人般拜见），直至96版的"詣づる"（毕恭毕敬地参见贵人），刘姥姥的形象在不断发生变化。与前两者相比，"詣づる"更好地传递了身份下贱卑微的刘姥姥毕恭毕敬地迈入荣国府的情景。同时由此也折射出荣国府的荣华富贵，这与刘姥姥渺小的形象形成了巨大反差。另外，"荣国府"一词译为"栄国の館（やかた）"，采取了归化的译法。尽管意象有所不同，但荣国府的气派豪华呼之欲出，并且与"詣づる"也形成了很好的呼应。以上分析可以得出，译者阐释意识明显，而每一次改译都是译者不断追问、深入思索和反复甄选的结果。

---

❶ 吴珺.伊藤漱平《红楼梦》回目翻译研究[J]，红楼梦学刊，2017（6）：326.

第八章 阐释间距与伊藤漱平《红楼梦》日译本的演化

探究以上三个类型的改动痕迹可以得出：译者在三次改译过程中从文体上不断在作雅化处理；同时，人物语言的阐释也越来越接近源文本中的人物造型。笔者曾对1958年全集本、1973年奇书本、1996年Library本这三个版本回目改动情况作过整体考察，认为在每一次改译时，伊藤漱平都对回目作了一定程度的修改，逐步完善、精益求精，并表现出明显"改雅"的趋势。❶"改雅"是指伊藤为了增强译文的古典韵味而将原来的现代日语改译成古典日语的有意识的阐释行为，是其重译本的一大特色。"改雅"是一个不断精致的过程，不光表现在风格上，从内核上都深深地体现出此种变化。伊藤漱平对回目的三次修改路径实际上也是整个《红楼梦》重译翻译策略的缩影。

每一个词，每一个表达是否贴切？语气是否合乎人物形象？与源文本所要表达的信息是否一致？在人生最重要的50年当中，伊藤漱平不断向自己发问质疑，并不断地在解决这些疑问。小到一个助词的删改，大到人物的语气的改译，每一次修改的痕迹都是伊藤漱平的译文趋向完善的过程记录，随着他对《红楼梦》研究的不断深入而得到升华，译文也在与源文本和读者的视域不断融合之中日趋完美。

由此可见伊藤漱平没有把自己的译作当成最终产品让读者去理解，而是把它当作一个中介和桥梁，把阐释的最后一步留给读者。这是因为他认为自己的译本不可能、也无法取代原著。尽管每一次解读时局部都会在不断变化，尽管译者认为每一次都未完成，但每一次解读和调整都有译者明确的意图，侧重点各不同。针对局部的调整又会影响到整体的理解，同时整体的理解的变化又会

---

❶ 吴珺.伊藤漱平《红楼梦》回目翻译研究[J].红楼梦学刊，2017（6）：330.

让译者对局部进行再次调整，从未完成，不断调整，直至通过局部的完善最终达到整体的升华。

四、文眼的折射——局部与整体

上文论证了伊藤版《红楼梦》日译本中局部与整体阐释之间的关系，并由此概括出阐释从局部到整体，又由整体回到局部，不断循环，呈现出从未完成的特征。但实际上局部与局部之间也是有层级类别的，有重要与次要之分的。相对重要的局部起到文眼的作用，并且可以折射出整体的意义所在。在本节中笔者将选取译文中最有代表、且尚未被关注到的核心局部入手展开分析，论证其对整体的折射作用。所谓的文眼，本文是指具有代表性的人物对话、关键词以及独立成篇的韵文。这些都与主题相关，并对揭示主题起到了重要作用。

如何翻译黛玉的语言，这与伊藤氏对《红楼梦》中黛玉人物形象的阐释有很大关系。

案例　我平日和你说的，全当耳旁风，怎么他说了你就依，比圣旨还快些！

伊藤译文　わたしがふだんおまえになにいおうと、まるでどこ吹く風なのに、どうしてまたあれがひとこといっただけで、こうはいはいと従おうとするのかしら。天子さまの仰せだってこうも速くは聞けまいにねえ！（1996版第一卷288页）

分析　这一段是雪雁遵紫鹃之嘱给黛玉送手炉，黛玉便奚落起雪雁，同时

第八章 阐释间距与伊藤漱平《红楼梦》日译本的演化

又数落了宝玉，可谓一箭双雕。宝玉当然心知肚明，只是嬉笑。这一句将林黛玉伶牙俐齿、用情深厚的个性表达得很充分。从译文来分析，伊藤译文采取了逐字译的翻译方法，每一个汉字都有体现。另外，对词语的选择上偏向于口语化的表达，比如说"どこ吹く風""はいはいと従う"等。尤其是"はいはいと従う"可以让读者感受到黛玉对宝玉听从宝钗不喝冷酒的建议而半含醋意，戏谑宝玉的场景，富有临场感。这个部分属于加译，也是体现出译者强烈阐释意识的部分。黛玉的性格容易被人误认为尖酸刻薄、嘴不饶人的形象，但是实际上从这一段的调侃就可以看出，黛玉尽管言语犀利，却含蓄有度，另外对宝玉的用情至深也的确让读者为之动容。伊藤如此阐释其实带有明显的译者感情色彩标记，这与伊藤氏本人对《红楼梦》的定位有很大的关系。伊藤氏认为，曹雪在旧时代的小说家中取得了登峰造极的成就，他人那里所没有的、缺乏的东西，在《红楼梦》里却是精华的结晶。如果说在《三国演义》之"武"、《水浒传》之"侠"、《西游记》之"幻"、《金瓶梅》之"淫"、《儒林外史》之"儒"——这些先行问世的作品中均可洞悉到一个"假"字，那么《红楼梦》世界的核心便是一个"情"字。……真爱的对象始终是林黛玉。对宝玉来说，黛玉绝不是作为肉欲对象来看待的，她是绝对存在的"灵"的女性，与现实世界没有任何干系。❶因此，这样的《红楼梦》观和《红楼梦》人物观必然对其翻译有很大的影响。

再比如，在第五回当中有"生魂"❷一词，伊藤将它翻译成了"生（いき）霊（みたま）"，之所以这样处理，在注释当中是这样阐释的：

---

❶ 伊藤漱平．《红楼梦》伊藤漱平译本书后《解说》[M]．宋红，译．北京：人民文学出版社，2015.
❷ 《红楼梦》原文是：众仙子对警幻所言"姐姐曾说今日今时必有绛珠妹子的生魂前来游玩"。伊藤版译文是："絳珠さんの生霊が思い出の場所へ遊びにいらっしゃるって"。

原文"生魂",是指从绛珠草的化身林黛玉的肉体脱离的游魂。唐代小说当中可见其例(唐朝张读的《宣室志》第三卷)。值得一提的是明朝入华的意大利宣教士利玛窦的汉文著作《天主实义》第三篇当中把有生命的灵魂分为上中下三品,"下品"取名曰"生魂",即草木之魂,禽兽的魂为"觉魂",人的魂为"灵魂"。黛玉的前身为草木,与之完全吻合,但不知《红楼梦》的作者是否受到了这样天主教教义的影响。❶

伊藤漱平认为《红楼梦》是集几大宗教为一身的综合体,既有贾政等代表的儒教权力化象征的人物,也有类似贾敬痴迷于道教一心一意炼丹制药,还有一心念佛的贾母等。其中还有像狂言的表现手法,比如从第一回到最后一回道士和僧侣结伴而行的对话。❷并且,他还认为《红楼梦》受到了天主教的影响。中国明朝中期以后各个派别的宣教士来华,致力于传教布道。但清朝的皇帝只重用宣教士的各种技能,不允许他们传教。……《红楼梦》的著书年代隐藏不露,但第五回当中出现了"生灵"一词显示其受到了利玛窦所著《天主实义》教义的影响。❸这样的判断需要译者具备深厚的文化底蕴,它建立在译者对中国文化的整体把握和对《红楼梦》背景十分了解的基础上,带有译者自身文化素养的深深烙印。伊藤漱平认为《红楼梦》受了天主教影响,尽管这样的判断有时代的局限性,但体现出译者对文本的独特理解和阐释痕迹,甚至可以推测,这可能与译者本身对天主教的理解有很大的关系。

---

❶ 曹雪芹. 红楼梦: 第1卷[M]. 伊藤漱平, 译. 东京: 平凡社, 2009: 375.
❷ 伊藤漱平. 伊藤漱平著作集: 第3卷[M]. 吴珺, 译. 东京: 汲古书院, 2008: 295.
❸ 伊藤漱平. 伊藤漱平著作集: 第3卷[M]. 吴珺, 译. 东京: 汲古书院, 2008: 298.

第八章　阐释间距与伊藤漱平《红楼梦》日译本的演化

　　《好了歌》无疑是一个起到文眼作用的核心局部。《好了歌》及《好了歌注》被认为是《红楼梦》的文眼，是一部《红楼梦》的缩影，对整部《红楼梦》起到了暗喻的作用。但笔者注意到在几次改译中并没有对翻译策略方面作明显的改动。在改动最大的1973版中，只是将"親馬鹿殿なら 掃くほどあるが"（痴心父母古来多）改成"あれど"，这也是为了译文的古雅而作的改动。其余部分在两次改译中没有作任何改动。这也证明译者对《好了歌》的翻译在一开始就达到了自己认可的程度，认为这样的翻译方式很好地实现了译者本人对《红楼梦》寓意的理解。

　　伊藤1996年版本《好了歌》译文如下：

原文	伊藤译文（1996年版）
世人都晓神仙好，	たれも成りたや 仙人さまには
唯有功名忘不了！	さりとて出世も 捨てきれぬとは
古今将相在何方？	大臣に大将 いずこへ失せたか
荒冢一堆草没了。	草ぼうぼうの 塚荒れほうだい
世人都晓神仙好，	たれも成りたや 仙人さまには
唯有金银忘不了！	さりとて金銀も 捨てきれぬとは
终身只恨聚无多，	朝から晩まで たりぬたりぬで
聚到多时眼闭了，	たりた頃には その眼が閉じる
世人都晓神仙好，	たれも成りたや 仙人さまには
唯有娇妻忘不了！	さりとて女房も 捨てきれぬとは
君生日日说恩情，	生あるうちこそ 情の見せ場よ
君死又随人去了，	死んだが切れ目 尻をば見せる

· 163 ·

世人都晓神仙好，	たれも成りたや 仙人さまには
唯有儿孙忘不了，	さりとて孫子も 捨てきれぬとは
世人都晓神仙好，	たれも成りたや 仙人さまには
痴心父母古来多，	親馬鹿殿なら 掃くほどあれど
孝顺儿孙谁见了？	孝行息子の やれ顔見たきもの❶

  首先，从具体译文来看，比如"功名"译成"出世"（出人头地），"娇妻"译成"女房"（老婆），"恩情"译成"情の見せ場"（人前示恩爱），"随人去"译成"尻をば見せる"（拍拍屁股走人），"痴心父母"译成"親馬鹿殿"（糊涂爹娘），"古来多"译成"掃くほどある"（多得拿簸箕撮），都带了些许民谣该有的"俗"。源文本中《好了歌》区别于格律诗，有浓厚的口语化色彩。因此，伊藤在译文中为了凸显这一特色，尽可能地选择了容易上口、妙趣横生的口语化表达与俗语表达。比如"恩情"译成了"情の見せ場"，即"人前示恩爱"，将"随人去了"译成"尻をば見せる"，即"拍拍屁股走人"。因为恩爱是表演出来的，所以，一旦一方离世，另一方就拍拍屁股随人而去了，让人读后笑中带着心酸，不禁感叹世态炎凉，有那么一点点诙谐，又有那么一点点伤感。同时，通过这些"不上大雅之堂"的日文表达，又道出了跛足道人对凡尘俗世之人一生忙碌却最后终究逃不过虚空的讽刺。

  其次，伊藤漱平将原文的"好""了"两字分别译为日文的"には""とは"，《好了歌》则翻译成"にはとはづくし"。"には""とは"同押"a"韵，与源文本相呼应，保持了源文本的工整和押韵。这无疑是为了保存五言律诗

---

❶ 曹雪芹. 红楼梦：第 1 卷 [M]. 伊藤漱平，译. 东京：平凡社，2009：59-50.

第八章　阐释间距与伊藤漱平《红楼梦》日译本的演化

的风格而做出的努力。伊藤版采取的是"五七五调"的定型诗翻译方法，但同时又有意识地在押韵。也就是说他在接近日本读者的同时，也在尽可能地加入新的异文化元素，以此保留源文本的特色。译者在翻译的过程中是既重视源语又重视目的语的。这和多元系统理论的继承人、著名翻译理论家图里提出的理论不谋而合。"假设一个范围的一端是充分表现原文，而另一端是完全被译语文化接受，图瑞（里）认为翻译在这两级之间只能居中。翻译不可能充分地反映原文，因为文化规范不同造成迁移而偏离原文结构；翻译也不可能完全被译语文化接受，因为它带有与译语文化系统不同的信息和形式。"❶也就是说，译者会决定牺牲某些译出语文化的"规范"，同时也会尝试打破某些译入语文化的"规范"。"—づくし"则透露出译者充分注意到了《好了歌》的民谣体形式。"ものづくし"是日本传统谣曲和邦乐当中曲目的一个分类，用于歌咏某一类的事物。如前所述，译者对《红楼梦》中诗歌的翻译策略表述得非常清晰，即：在源语中文的"五言排律的隔句押韵对仗形式的联句"与目的语日文的"五七调的连锁无押韵的杂言体的联句"之间寻求平衡，其目的是为了"跨越存在于异文化之间的巨大鸿沟"。没有采取惯常的训读方式，而是以日文文言诗的方式来翻译，由此可以看出译者明显的阐释间距意识和读者意识。但尽管如此，译者仍然认为自己"对于这个长篇巨著当中人物诗歌方面的应酬之多感到束手无策，（中略）如何将诗歌翻译成日文以及如何处理饮食用语，对此找费尽了心思。"❷可见译者为缩短阐释间距所付出的努力。

---

❶ 苗菊.翻译准则——图瑞翻译理论的核心[J].外语与外语教学，2001（11）：31.

❷ 伊藤漱平.通称来自品味《红楼梦》之会的报告[M]//吴珺，译.伊藤漱平.伊藤漱平著作集：第3卷，东京：汲古书店，2008：272.

· 165 ·

五、结语

综上可以得出：伊藤漱平没有提供一个最终成果的译本，他没有把自己的译作当成最终产品让读者去理解，而是把它当作一个中介和桥梁，把读者引向原著。这是因为他认为自己的译本不可能、也无法取代原著。但是作为译者本身却可以通过调整一步步接近源文本。阐释学认为不存在译者对文本的"终极阐释"。阐释者在选择了文本之后，通过自身的"前见"与文本不断地融合，并在历史的进程中有意识地修正不正确的"前见"，获得与源文本新的融合。因此，不存在译文和原文完全对等的"终极文本"。可以说，伊藤对《红楼梦》的翻译活动与阐释学的对于文本意义与阐释的态度不谋而合。也正是因为如此，当译者再次启动阐释机制的时候，势必会以新的"前见"再次进入文本，于是就会形成新的循环往复。这是我们在审视译者本身或在阅读伊藤漱平版《红楼梦》日译本的时候，必须要关注到的一个重要方面。究竟是更加接近于原文，还是阐发出新的内容，抑或是出现了一些新的偏向，还有待于进一步的研究。伊藤氏的每一版译作都是其翻译过程的一部分，需要把它放在译者本身整个翻译思想的进程中去考虑。可以说伊藤漱平版《红楼梦》日译本是译者与源文本、原作者、目标读者视域不断融合而产生的结果，这个结果深深地打上了译者本身的烙印和所处时代的痕迹。

第九章　伊藤漱平《红楼梦》日译本翻译特色及接受

一、伊藤漱平《红楼梦》日译本翻译特色

为了揭示伊藤漱平版《红楼梦》日译特色，笔者运用描述性翻译的研究方法，从阐释学的角度对其章回、隐喻、注释、翻译风格等多个侧面展开了由表及里的深入研究。各部分论证结果如下：

伊藤漱平《红楼梦》日译本章回回目添加了后缀"こと（ko-to,形式体言）"，这是日本说话文学在章回体上的体现。而"振假名"（ルビ rubi）的巧妙使用既保留了源文本文化，又达成了阐释的目的。总体而言，伊藤版小回目译义古典韵味浓厚；注重对源文本的阐释；字斟句酌、不断精进、特点鲜明。其三个版本回目语料分析结果如下：1973年奇书本在1958年全集本的基础上作了大幅度的改动，而1996年Library本则是在1973年奇书本基础上的完善。伊藤漱平的第一目标读者可以判断为"专家型学者"，注重保持源文本特色、译文不断

"改雅"等现象可以说都是此目标下的驱动。从最初的 1958 年本到 1996 年年 Library 本，翻译策略上体现出逐渐接近读者的趋势，这也说明随着时代的发展，伊藤漱平的读者意识在逐渐增强。

《红楼梦》中隐喻素材丰富多彩、寓意深刻，是译者的"试金石"。为了考察伊藤漱平《红楼梦》日译本中喻体转换模式，描述伊藤漱平《红楼梦》日译本隐喻翻译策略，笔者收集了伊藤漱平《红楼梦》日译本隐喻词条 300 条，建立了伊藤漱平三个译本隐喻语料库，并在此基础上归纳出伊藤漱平《红楼梦》日译本隐喻翻译策略 7 种类型以及各自所占比例。经论证得出伊藤译本隐喻翻译呈多样化特征，"保留源文本喻体"的翻译策略占主流。这是译者与源文本、原作者、目标读者视域不断融合而产生的结果，也是译者在"重视源语"与"重视目标语"之间取得的一种平衡。建议以"歇后语"的模式进行翻译，即在保留源文本喻体的基础上加上阐释性的语言，那么因勉强保留喻体而导致的映射不通问题就会迎刃而解，源语文化意象传递也不会阻断。

译注，作为一种副文本，在伊藤漱平《红楼梦》日译本中不仅起到了解决文化缺省的作用，同时也为译者发挥主体性、展示其红学研究的累累硕果提供了平台。伊藤版《红楼梦》译注内容翔实确凿，英译《红楼梦》的译者霍克斯也将之作为翻译时的重要参考。本研究把伊藤漱平版《红楼梦》译注分成文外注释和文内注释分别展开考察，并归纳出其译注参照校本多、出典精确、考证严密、见解独到等特质。进而通过比较 1958 年全集本、1973 年奇书本以及 1996 年 Library 这三个版本译注的历时变化，分析提炼出其译注从形式上和内容上不断精进的特征。

如果说以上各个侧面因题材和文体不同而呈现出多样化的翻译策略是一条

第九章 伊藤漱平《红楼梦》日译本翻译特色及接受

可见的"明线"的话,那么"逐语译"就是一条"暗线",与之同时并行。日文当中对于"逐语译"并没有明确的概念界定,对"逐语译"评价也褒贬不一。笔者发现在日汉翻译的语境下,"逐语译"既是一种翻译方法,即直译;同时也是一种翻译理念,即忠实于源文本、严谨细致的理念。笔者以伊藤漱平《红楼梦》日译本作为参照物,探究了其"逐语译"特征,认为"逐语译"是训读法的衍生物,是"日本式翻译范式"的集中体现。"日本式翻译范式"的形成与流变与当时的时代背景息息相关,在不同的时期呈现出不同的样貌。伊藤漱平的译文重视源文本,表现出明显的"逐语译"的风格特点。同时,其译文表达又有重阐发之处。他对译文的选择即体现了他受所处时代的影响。

作为一个功底深厚的红学家,伊藤漱平对《红楼梦》有着独特的理解和阐释,这些都渗透在译文文本当中。需要译者不拘泥于原作的表层结构、参透了文本的实际意义才能构建而出。《好了歌》的翻译就是其中一例。如前所述,伊藤译本在一次次的译本完善中有整体"改雅"的趋势,笔者认为这是译者对《红楼梦》源文本文体以及文本中所描绘的贵族宫廷生活作了充分权衡之后的选择,而在《好了歌》中,译者又舍"雅"求"俗",这恰恰也是译者对《好了歌》的文体及跛足道人的叙事身份再三斟酌之后的判断。译文文体随着源文本的文体变化而变化,这也证明了译者对源文本的理解能力和阐释能力确实已达到了出神入化的地步。但对于《好了歌》的翻译同时也存在争议,比如"には""とは"是否能传递"好""了"丰富的内涵,"にはとはづくし"作为《好了歌》的译文是否是译者主体发挥过度的结果,笔者认为要回答这一问题,必须考虑翻译度的问题。笔者认为伊藤漱平版《好了歌》没有采取一般所采用的训读译法,而是采取了日本民谣体形式作了归化处理,这并非毫无考量的"硬译"。但无疑保

· 169 ·

留汉字"好"和"了"的处理方法能更好地实现其指涉意义。

伊藤漱平的《红楼梦》译本所采取的翻译策略受时代的影响,呈现出受"训读"影响的"逐语译"的特点,同时又顾及了目标读者,希望"译本能够抓住读者的心",又体现出在部分表达上选取日本读者熟悉的表达,呈现出一定的归化的趋势。"伊藤漱平译本把翻译的重点放在了接受者,即译文读者对译文的反应上,并尽力模拟原文的风格。"❶这也证明了伊藤漱平在翻译的过程中既注重译出语又注重译入语的翻译策略,即一方面要保留源文本的特色而采取异化的策略,另一方面也要让读者充分领略源文本的精华而进行归化。一般译者都会努力寻找二者之间的平衡点,伊藤也是如此。

阐释间距产生阐释张力,而阐释者为了消除张力必然会展开有意识的阐释行为。伊藤漱平在其近50年的翻译生涯中三次改译《红楼梦》日译本,为《红楼梦》的翻译倾注了一生的心血。作为源文本的读者、译者和阐释者,伊藤漱平对"阐释间距"的理解孕育出其独特的阐释意识和阐释行为。通过考察伊藤《红楼梦》日译本中阐释间距的意识、逐步"雅化"的局部以及对文眼的阐释,概括出其阐释从局部到整体,又由整体回到局部,呈现出不断循环、从未完成的特征。其译本在一次次改译中得以完善和升华,实现了译文的演化。可以说,伊藤对《红楼梦》的翻译活动与阐释学的对于文本意义与阐释的态度不谋而合,即译者无法实现对文本的终极阐释,只有在阐释过程中,不断修正自己的前见。伊藤的每一版译作都是其翻译过程的一部分,需要把它放在译者本身整个翻译思想的进程中去考虑。伊藤漱平版《红楼梦》日译

---

❶ 王菲.管窥《红楼梦》三个日译本中诗词曲赋的翻译——以第五回的翻译为例[J].中华文化论坛,2011(5):41.

第九章　伊藤漱平《红楼梦》日译本翻译特色及接受

本究竟是更加接近于原文，还是阐发出新的内容，抑或是出现了一些新的偏见，对此还有待于进一步的研究。

二、伊藤漱平版《红楼梦》在日本的接受

"事实上，就《红楼梦》的翻译而言，我们相信译文读者对译本的接受很可能存在着一定的难度，因为书中铺陈的吃穿用度、风俗习惯令他们感到陌生，主人公的爱情故事令他们感到费解，复杂精妙的语言技巧他们很难体会，带着如此多的问号进行的阅读很难说是充满了愉悦和美的享受。"[1]的确如此,《红楼梦》本身极强的隐喻义义让源文本读者都有难以理解之处，更何况没有相同文化渊源作支撑的目标语读者，其接受效果和审美效果更会受到影响。从《红楼梦》日译本在日本的传播来看，尽管《红楼梦》在1743年就已经传入了日本，但与《三国演义》《西游记》相比，表现出译本产生晚，且大众认知度不高等值得深思的特点。实际上从"四大奇书"的中日说法之不同上就可以充分感觉到对于《红楼梦》的评价中国和日本之间的确存在"温度差"。"四大奇书"是"四大名著"的前身，在中国是指《三国演义》《西游记》《水浒传》《红楼梦》，而在日本则是指《三国演义》《西游记》《水浒传》《金瓶梅》这四部著作。《金瓶梅》在日本的认知度和影响力要远远高于《红楼梦》，这和《红楼梦》在中国的地位悬殊太大,的确值得深思。陈曦子考察了《水浒传》和《红楼梦》在日本的接受情况，她是这样阐述的：

---

[1] 王丹阳.《红楼梦》翻译的诗学新解[M].南京：南京师范大学出版社，2014：3.

· 171 ·

"那么《红楼梦》的(接受)情况又如何呢？笔者自撰写博士论文之始，就惊讶于日本普通老百姓对《红楼梦》的认知度之低，并且随着对先行研究的阅读不断深入，越来越感受到其普及面过窄一现象。"(笔者译)❶

陈曦子还对日本以《水浒传》和《红楼梦》为题材漫画创作情况作了调查，结果显示不包括改编的作品，仅以《水浒传》为原型的漫画创作的作品就达到了10种，而以《红楼梦》为题材的漫画作品至今没有出现，相关领域的研究著作也不见踪影。漫画在日本大众传播中的影响力和辐射力非常大，无论是典雅的古典文学作品还是严谨的法律条文，在日本都可以做到用漫画的方式使之普及，渗透到一般民众的生活当中，而且漫画的受众群体范围宽至各个年龄层，这样的大众媒体传播方式是在世界上也是独特的，并且值得参考的。漫画大国日本至今没有《红楼梦》相关的漫画题材出现，这本身也说明了《红楼梦》在日本整体认知度不高的现状。

其原因何在？对伊藤漱平的译文高度评价的我国台湾学者丁瑞滢指出《红楼梦》日译的译者没有关注到读者的接受度的问题，并阐述道："所译出的作品文雅严谨，具有很高的文学价值，却失去了一般的读者群"；《红楼梦》的翻译者与研究者,于翻译时并未注意到读者的接受度"❷。尽管此种说法有偏颇

---

❶ 陈曦子. 日中における中国四大名著の受容及び再創作の概況——「水滸伝」と「紅楼夢」を中心に，メディア学：文化とコミュニケーション，2013（28）：59-70.原文："一方、「紅楼夢」の場合はどうだろう。筆者は博士論文の執筆を開始以来、日本における一般民衆の「紅楼夢」に対する認知度の低さに驚かされ、先行研究を読み進んで行くにつれ、さらにその普及範囲の狭さを実感した。"

❷ 丁瑞滢.《红楼梦》伊藤漱平日译本研究 [D]. 中国台湾铭传大学硕士论文，2005：77.

第九章 伊藤漱平《红楼梦》日译本翻译特色及接受

之处，有待具体考证，但由此可以看出该学者对伊藤漱平所译《红楼梦》译本评价也有困惑之处。其实伊藤漱平译《红楼梦》并非没有接受度，不仅如此，其在汉学家以及对中国文化有兴趣了解的日本人当中产生了巨大的影响，这是不容忽视的。笔者查阅了有关《红楼梦》日译本各个角度的研究文献，注意到这样一个事实，这些文献的语料大部分都来自伊藤漱平所译《红楼梦》的各种版本，在研究者当中有很高的认知度。可见伊藤漱平并不是没有意识到读者的接受，而是伊藤漱平期待视野当中的读者群体可能高于一般意义上的群体，因此在译本文体选择以及表达输出都与其他译者有所区别。实际上，伊藤漱平在表述他对读者的希望时用的是"企盼包括专家在内的读者们的鉴定"❶，由此也可以推断出伊藤漱平的第一目标读者应该就是"专家型学者"，因此讲究考证，译文的不断"改雅"现象都是此目标下的驱动，这和本书通过论证得出的结论是一致的，从而也证明了伊藤漱平对读者的期待视野决定了他的翻译风格的选定。

另外，《红楼梦》与《源氏物语》题材的相近性从某种意义上影响了日译本在日本的传播。《红楼梦》与《源氏物语》尽管著书年代不同，叙事内容及叙事方式也不同，但二者之间确有可比之处。据饶道庆的研究，"在中国比较文学界，自从大陆于1980年至1983年出版了丰子恺翻译的《源氏物语》之后，近20年来有关《源氏物语》和《红楼梦》……这两部长篇小说之间的比较研究便成了一个较热门的课题。"❷日本人通常把《红楼梦》叫作"中国的《源氏物语》,由此也可见这二者的相似性。这些相似性也使得人们对《红楼梦》没有产生类似

---

❶ 曹雪芹.红楼梦（1）解说[M].伊藤漱平,译.东京：ライブラリー平凡社，1996：419.
❷ 饶道庆.《源氏物语》和《红楼梦》比较研究综述与思考[J].红楼梦学刊,2004（3）：242.

《西游记》《三国演义》一般对异域文化的强烈的陌生感,从而影响了《红楼梦》日译本的传播。当然对此需要作进一步的考证。

从接受的角度来说,最值得关注的因素便是《红楼梦》日译本译得过"雅",超越了一般读者群的接受度。韩江洪在《论中国的翻译规范研究》中叙述了这样一个事例:钱钟书先生所主持的英译《毛泽东选集》经由英共中央在伦敦出了第一卷,该译本不仅做到了"信"和"达",而且达到了"雅"的境界。

"然而该译本却不受读者欢,当时在我国外文局工作的英国专家史平浩(Springhall)批评这个译本说,'译得太雅了,我们伦敦码头工人读不懂!'后来,外文局又另起炉灶,出了一个简明好懂的译本。对前一个译本的尴尬结局,持规定性翻译理论者百思不得其解,但若用描述性规范理论就很好解释:该译本偏离了期待规范(Expectancy Norms)。"[1]

期待规范是切斯特曼翻译规范论当中的一个概念,由预期读者或翻译当事人决定,受翻译传统以及文本形式等的制约。读者对文本风格、篇章类型、语法、文本特点等都有期待。"伦敦码头工人"的期待一定是简明易懂的译本,这毋庸置疑,但是否就此可以认为钱钟书的第一个译本缺乏市场接受度,没有存在的价值呢?同样,尽管现阶段还没有充分的数据可以证明井波陵一版《新译红楼梦》的一般读者群接受度超过伊藤漱平,但其语言平实易懂,确实降低了阅读的门槛。那么是否可以认为井波陵一版《新译红楼梦》可以完全取代伊藤漱平版《红楼梦》呢?答案显然是否定的。阐释学认为,每一个文本都存在空白点,并且对空白点的诠释因不同的译者和不同的读者而呈现出不同的样态,都有存在的合理性和价值。

---

[1] 韩江洪.论中国的翻译规范研究[J].山东外语教学,2004(6):71.

第九章　伊藤漱平《红楼梦》日译本翻译特色及接受

"《红楼梦》乃开天辟地，从古到今第一部好小说，当与日月争光，万古不磨者。恨邦人不通中语，不能尽其妙也"，这是黄遵宪在 1878 年与日本友人谈论《红楼梦》时所发的感慨，如今这一愿望已经达成。在众多日译本中，伊藤漱平凭借其对《红楼梦》的深刻理解以及造诣超群的文字功底对《红楼梦》做出了独特的阐释，他与《红楼梦》的对话帮助他完成了与源文本的视域融合，为日本读者带来了深刻的阅读体验。伊藤淑平译本所达到的高度后人难以企及，要展现伊藤版《红楼梦》日译本的方方面面，笔者还有很长的路要走。

三、本书的局限性与进一步研究的方向

本研究尽管取得了初步的成果，但仍存在许多不足之处。由于时间和精力所限，对《红楼梦》源文本的考证不彻底；对伊藤漱平的红学研究成果缺乏深入的梳理和论证；整体研究缺乏伊藤漱平《红楼梦》中日文平行语料库进一步的语料支持，使得论证过程不够严谨、有力。

为了弥补上述缺憾，笔者目前已经完成创建伊藤漱平《红楼梦》三个重要译本（1958 年全集本、1973 年奇书本、1996 年 Library 本）和井波陵一《新译红楼梦》译本语料库。希望在此基础上，探究伊藤漱平跨越不同时代的三个日译本在章回、隐喻、文体、注释、语言风格等方面的翻译表征变化，同时兼与井波陵一译本进行对比分析，以真实、有效的数据揭示伊藤漱平译本的翻译特色和翻译理念，进而论证伊藤漱平译本在不同读者需求和不断完善译本需求

驱动下翻译风格的变化以及其与日本式翻译范式变迁的动态关系,力求从量化的角度展开更细致、更深入的研究。

由于笔者水平有限,疏漏和偏颇之处在所难免。敲定书稿,诚惶诚恐。书中粗陋,期盼方家斧正。

参考文献

一、中文参考文献

（一）著作

[1] 曹雪芹. 红楼梦八十回校本 [M]. 俞平伯，校订. 北京：人民文学出版社，1958.

[2] 曹雪芹. 红楼梦八十回校本 [M]. 俞平伯，校订. 北京：人民文学出版社，1993.

[3] 曹雪芹. 红楼梦（校注本 1-4 册）[M]. 北京：北京师范大学出版社，1987.

[4] 曹雪芹. 红楼梦（汉日对照）[M]. 伊藤漱平，译. 北京：人民文学出版社，2015.

[5] 方梦之. 翻译新论与实践 [M]. 青岛：青岛出版社，2002.

[6] 冯庆华. 红译艺坛——《红楼梦》翻译艺术研究 [M]. 上海：上海外语教育出版社，2006.

[7] 冯庆华. 母语文化下的译者风格：《红楼梦》霍克斯闵福德英译本特色研究 [M]. 上海：上海外语教育出版社，2008.

[8] 辜正坤. 中西诗比较鉴赏与翻译理论 [M]. 北京：清华大学出版社，2003.

[9] 胡文彬. 冷眼看红楼 [M]. 北京：中国书店，2001.

[10] 胡文彬. 红楼梦在国外 [M]. 北京：中华书局，1993.

[11] 胡文彬. 魂牵梦萦红楼情 [M]. 北京：中国书店，2000.

[12] 胡文彬. 红楼梦与中国文化论稿 [M]. 北京：中国书店，2005.

[13] 伽达默尔. 阐释学：真理与方法 [M]. 北京：商务印书馆，2011.

[14] 克利福德·格尔茨. 文化的解释 [M]. 韩莉，译. 南京：译林出版社，2014.

[15] 李庆. 日本汉学史 [M]. 上海：上海外语教育出版社，2002.

[16] 刘宏彬.《红楼梦》接受美学论 [M]. 河南：河南人民出版社出版，1992.

[17] 梁杨，谢仁敏. 红楼梦语言艺术研究 [M]. 北京：人民文学出版社，2006.

[18] 李小龙. 中国古典小说回目研究 [M]. 北京：北京大学出版社，2012.

[19] 罗新璋，陈应年. 翻译论集 [M]. 北京：商务印书馆，2009.

[20] 刘军平. 西方翻译理论通史 [M]. 武汉：武汉大学出版社，2012.

[21] 刘法公. 隐喻汉英翻译原则研究 [M]. 北京：国防工业出版社，2008.

[22] 潘钧. 日本汉字的确立极其历史演变 [M]. 北京：商务印书馆，2013.

[23] 潘钧. 日本汉字的确立极其历史演变 [M]. 北京：商务印书馆，2013.

[24] 裘姬新. 从独白走向对话——哲学阐释学视角下的文学翻译研究 [M]. 杭州：浙江大学出版社，2009.

[25] 孙玉明. 日本红学史稿 [M]. 北京：北京图书馆出版社，2006.

[26] 孙玉明. 红学：1954[M]. 北京：北京图书馆出版社，2003.

[27] 孙丽君. 伽达默尔的阐释学美学思想研究 [M]. 北京：人民出版社，2013.

[28] 王丽娜. 中国古典小说戏曲名著在国外 [M]. 上海：学林出版社，1988.

[29]　王向远.二十世纪中国的日本翻译文学史[M].北京：北京师范大学出版社，2001.

[30]　王丹阳.《红楼梦》翻译的诗学新解[M].南京：南京师范大学出版社，2014.

[31]　王宏印.新译学论稿[M].北京：中国人民大学出版社，2011.

[32]　肖家燕.红楼梦概念隐喻的英译研究[M].北京：中国社会科学出版社，2009.

[33]　许钧.翻译论[M].武汉：湖北教育出版社，2006.

[34]　谢天振.当代国外翻译理论导读[M].天津：南开大学出版社，2012.

[35]　谢天振.译介学[M].上海：上海外语教育出版社，2003.

[36]　姚斯 H R，[美]霍拉勃 R C.接受美学与接受理论[M].周宁,金元浦,译.沈阳：辽宁人民出版社，1987.

[37]　严绍璗.中国文化在日本[M].北京：新华出版社出版，1993.

[38]　严绍璗，王晓平.中国文学在日本[M].广州：花城出版社，1990.

[39]　严绍璗.日本中国学史[M].南昌：江西人民出版社，1991.

[40]　严绍璗，源了圆.中日文化交流史大系[M].杭州：浙江人民出版社，1991.

[41]　严绍璗.汉籍在日本的流布研究[M].南京：江苏古籍出版社，1992.

[42]　严绍璗.日本的中国学家[M].北京：中国社会科学出版社，1980.

[43]　俞平伯.红楼梦研究[M].上海：上海古籍出版社，2005.

[44]　朱洪.胡适与红楼梦[M].北京：当代中国出版社，2007.

[45]　朱健平.翻译：跨文化解释——哲学阐释学和接受美学模式[M].长沙：湖南人民出版社，2007.

[46]　张华.跨学科研究与跨文化诠释[M].上海：复旦大学出版社，2013.

[47]　张洪波.《红楼梦》的现代阐释——以"事体情理"观为核心[M].北京：中华书局，2008.

[48] 赵建忠.红学管窥[M].长春：吉林人民出版社，2001.

（二）期刊论文

[49] 查明建，田雨.论译者主体性——从译者的文化地位的边缘化谈起[J].中国翻译，2003（1）.

[50] 陈宏薇,江帆.难忘的历程——《红楼梦》英译事业的描写性研究[J].中国翻译，2003（5）.

[51] 陈琳.模拟书场原文建构与译文解构——《红楼梦》回末套语英译与启示[J].外国语，2015（1）.

[52] 段江丽.日本"中国文学史"中的《红楼梦》（一）——以笹川种郎为中心[J].红楼梦学刊，2013（6）.

[53] 段江丽."正定模式"对《红楼梦》当代传播的意义与启示[J].曹雪芹研究，2018（2）.

[54] 段江丽.《红楼梦》早期脂批的阐释学意义——以阐释语境为中心[J].红楼梦学刊，2016（5）.

[55] 高宁.论鲁迅直译观的语学基础[J].山东社会科学，2013（10）.

[56] 顾争荣.《好了歌》及《好了歌注》述评[J].红楼梦学刊，2011（4）.

[57] 高旼喜.《红楼梦》的对话翻译——以表现人物个性为中心[J].红楼梦学刊，2011（6）.

[58] 黄华珍.日本红学泰斗伊藤漱平[J].满族文学，2010（5）.

[59] 胡山林.训读：日本汉学翻译古典汉籍独特的方法[J].日本研究，2002（2）.

[60] 贺兰.日本的《红楼梦》读书会[J].红楼梦学刊，2005（5）.

[61] 韩江洪.论中国的翻译规范研究[J].山东外语教学,2004(6).

[62] 姜秋霞.翻译研究实证方法评析[J].中国翻译,2005(1).

[63] 姜其煌.《好了歌》的七种英译[J].中国翻译,1996(4).

[64] 吕俊.我国翻译理论研究与20世纪西方文论学习[J].外国语,1997(6).

[65] 吕俊.翻译:从文本出发[J].外国语,1998(3).

[66] 吕俊.世纪之交的译学三思[J].外语与外语教学,1999(2).

[67] 吕俊.哲学的语言论转向对翻译研究的启示[J].外国语,2000(5).

[68] 林克难.翻译研究:从规范走向描写[J].中国翻译,2001(6).

[69] 李海振.《红楼梦》饭冢朗日译本对小说人名的翻译[J].飞天,2011(22).

[70] 李海振.《红楼梦》日文全译本及其对中药方剂的翻译[J].华西语文学刊,2012(2).

[71] 刘衍青.《好了歌》及其注的话语语境之文化阐释[J].固原师专学报(社会科学版),2005(5).

[72] 黎昌抱.风格翻译论述评[J].文理学院学报,2010(2).

[73] 刘齐文.论二战后日本翻译态度之演变[J].贵州师范大学学报,2013(4).

[74] 莫旭刚.《红楼梦》隐喻法译研究[J].广东外语外贸大学学报,2010(3).

[75] 马萧.文学翻译的接受美学观[J].中国翻译,2000(2).

[76] 马燕菁.从《红楼梦》看汉日语人称代词差异——基于人称代词受修饰现象的考察[J].红楼梦学刊,2010(6).

[77] 潘建国.求红索绿费精神——日本汉学家伊藤漱平与中国小说《红楼梦》[J].国际汉学研究通讯,2010(1).

[78] 秦洪武.读者反应论在翻译理论和翻译实践中的意义[J].外国语,1989(1).

[79] 《红楼梦学刊》记者. 日本红学家松枝茂夫、伊藤漱平应邀访华载 [J]. 红楼梦学刊, 1981.

[80] 孙玉明. 日本红楼梦研究略史 [J]. 红楼梦学刊, 2006（5）.

[81] 孙玉明. 伊藤漱平的红学成果 [J]. 红楼梦学刊, 2005（1）.

[82] 宋丹. 试论《红楼梦》日译本的底本选择模式——以国译本和四种百二十回全译本为中心 [J]. 红楼梦学刊, 2015（3）.

[83] 宋丹.《好了歌》四种日译本的比较研究初探 [J]. 红楼梦学刊, 2014（3）.

[84] 苏德昌. 从红楼梦的日译看"そんな"的感叹词性用法 [J]. 日语学习与研究, 1993（3）.

[85] 盛文忠. 从伊藤漱平《红楼梦》(1969) 日译本看中日认知模式差异 [J]. 红楼梦学刊, 2013（1）.

[86] 司显柱. 对我国传统译论的反思——关于翻译技巧研究的思考 [J]. 中国翻译, 2002（3）.

[87] 宿久高. 论日本文学译作中的译注问题 [J]. 外语学刊, 2012（1）.

[88] 森中美树. 日本全译《红楼梦》的历程简述——平冈龙城《国译红楼梦》与白话翻译 [J]. 华西语文学刊, 2010（2）.

[89] 唐均,徐云梅. 论《红楼梦》三个日译本对典型绰号的翻译 [J]. 明清小说研究, 2011（3）.

[90] 腾云.《红楼梦》文学语言论 [J]. 红楼梦学刊, 1981（1）.

[91] 田仲一成. 伊藤漱平教授的生平与学问 [J]. 国际汉学研究通讯, 2010.

[92] 王菲. 管窥《红楼梦》三个日译本中诗词曲赋的翻译——以第五回的翻译为例 [J]. 中华文化论坛, 2011（5）.

[93] 王菲.试析《红楼梦》两个日译本对文化内容的翻译[J].华西语文学刊,2010（3）.

[94] 王小丽.汉日版《红楼梦》中的詈骂语研究[J].红楼梦学刊,2013（3）.

[95] 王人恩.森槐南与《红楼梦》[J].红楼梦学刊,2001（4）.

[96] 王人恩.森槐南与红楼梦补说（之一）[J].红楼梦学刊,2006（4）.

[97] 王人恩.森槐南的题《红楼梦》诗词——《森槐南与红楼梦》补论（之二）[J].红楼梦学刊,2007（2）.

[98] 文月娥.副文本与翻译研究——以林译序跋为例[J].北京科技大学学报（社会科学版）,2011（1）.

[99] 王东风.文化缺省与翻译中的连贯重构[J].上海外国语大学学报,1997（6）.

[100] 吴珺."中国之馨香"——论青木正儿的元曲翻译特色[J].汉学研究（秋冬卷）,2014.

[101] 吴珺.青木正儿的"汉文直读论"与"中国之馨香"[J].中国文化研究（夏之卷）,2015.

[102] 吴珺.伊藤漱平《红楼梦》日译本注释研究——以副文本的视角切入[J].汉学研究（秋冬卷）,2017.

[103] 吴珺.伊藤漱平《红楼梦》回目翻译研究[J].红楼梦学刊,2017（6）.

[104] 吴珺.伊藤漱平《红楼梦》日译本研究述评[J].北京第二外国语学院学报,2018（2）.

[105] 吴珺.伊藤漱平《红楼梦》日译本隐喻翻译研究[J].中国文化研究（夏之卷）,2017.

[106] 吴珺.文体差异与典型人物阐释策略：以伊藤版和井波版《红楼梦》日译本为例[J].日语学习与研究，2019（1）.

[107] 吴珺.作为"日本式范式"的"逐译语"研究——以伊藤漱平《红楼梦》日译本为例[J]日本问题研究，2018（6）.

[108] 吴珺.阐释间距与伊藤漱平《红楼梦》日译本的演化[J].曹雪芹研究，2019（1）.

[109] 谢天振.作者本意与文本本意——解释学理论与翻译研究[J].外国语，2000（3）.

[110] 肖家燕.概念隐喻视角下的隐喻翻译研究[J].外语研究，2011（1）.

[111] 肖丽.副文本之于翻译研究的意义[J].上海翻译，2011（4）.

[112] 杨伟.2013—2014年日汉翻译研究综述[J].日语学习与研究，2014（4）.

[113] 袁行霈.愿他的灵魂进入佛国——悼念伊藤漱平教授[J].国际汉学研究通讯，2010（1）.

[114] 杨武能.阐释、接受与再创造的循环——文学翻译断想[J].中国翻译，1987（6）.

[115] 伊藤漱平.红楼梦在日本的流传——江户幕府末年至现代[J].红楼梦研究集刊，1989（14）.

[116] 伊藤漱平.二十一世纪红学展望：一个外国学者论述《红楼梦》的翻译问题[J].红楼梦学刊（增刊），1997.

[117] 伊藤漱平.漫谈日本《红楼梦》研究小史[J].首届国际红楼梦研究会论文集，1983.

[118] 伊藤漱平，克成.《红楼梦》在日本[J].辽宁大学学报，1988.

[119] 朱健平．翻译即解释：对翻译的重新界定——哲学阐释学的翻译观 [J]．解放军外国语学院学报，2006（2）．

[120] 朱健平．"隐含读者"观照下目的语文本与源语文本的关系 [J]．外国语，2007（1）．

[121] 朱健平．"标准读者"观照下目的语文本与源语文本的关系 [J]．外语教学，2007（4）．

[122] 朱健平．"视域融合"对译作与原作关系的动态描述 [J]．外语教学，2009（2）．

[123] 张昕．试论《红楼梦》个性化的语言风格 [J]．作家，2009（11）．

[124] 张昕．试论《红楼梦》个性化的语言风格 [J]．作家，2009（22）．

[125] 赵秀娟．试析伊藤漱平《红楼梦》日译本中《好了歌》及"好了歌注"的翻译 [J]．红楼梦学刊，2011（6）．

[126] 周阅．青木正儿与盐谷温的中国戏曲研究 [J]．中国文化研究，2012（2）．

[127] 张晓红．游艺词语的文化内涵与翻译——以三个日译本《红楼梦》典型游艺名称的处理为例 [J]．华西语文学刊，2012（1）．

[128] 朱桃香．副文本对阐释复杂文本的叙事诗学价值 [J]．江西社会科学，2009（4）．

[129] 张翔娜．《红楼梦》在日本 [J]．广东工业大学学报，2008（4）．

[130] 张翔娜．《红楼梦》伊藤漱平译本的译注形式 [J]．才智，2013（31）．

[131] 仲伟合，周静．译者的极限与底线——试论译者主体性与译者的天职 [J]．外语与外语教学，2006（7）．

[132] 朱淡如．剪接从长篇故事到章回小说——《红楼梦》成书过程探索 [J]．红楼梦学刊，1989（1）．

（三）硕博论文

[133] 丁瑞滢.《红楼梦》伊藤漱平日译本研究 [D]. 中国台湾：中国台湾铭传大学硕士论文，2005.

[134] 戴丽. 关于隐喻表现中译日的考察——以《红楼梦》日译为例 [D]. 北京：北京第二外国语学院硕士论文，2010.

[135] 江帆. 他乡的石头记：《红楼梦》百年英译史研究 [D]. 上海：复旦大学博士论文，2007.

[136] 罗丹. 翻译中的交互主体性研究 [D]. 天津：南开大学博士论文，2012.

[137] 孙雪瑛. 阐释学视阈下的《聊斋志异》翻译研究 [D]. 上海：上海外国语大学博士论文，2014.

[138] 王金波. 弗朗茨·库恩及其《红楼梦》德文译本——文学文本变译的个案研究 [D]. 上海：上海外国语大学博士论文，2006.

[139] 王薇.《红楼梦》德文译本研究兼及德国的《红楼梦》研究现状 [D]. 山东：山东大学博士论文，2006.

[140] 郑元会. 红楼梦隐喻翻译的必要条件 [D]. 天津：南开大学博士论文，2005.

二、日文文献

（一）著作

[141] 伊藤漱平. 伊藤漱平著作集（第一卷）：红楼梦编（上）[M]. 东京：汲古书院，2005.

[142] 伊藤漱平. 伊藤漱平著作集（第二卷）：红楼梦编（中）[M]. 东京：汲古书院，2008.

[143] 伊藤漱平. 伊藤漱平著作集（第三卷）：红楼梦编（下）[M]. 东京：汲古书院，2008.

[144] 伊藤漱平. 伊藤漱平著作集（第四卷）：中国近世文学编 [M]. 东京：汲古书院，2009.

[145] 伊藤漱平. 伊藤漱平著作集（第五卷）：中国近现代文学·日本文学编 [M]. 汲古书院，2011.

[146] 伊藤漱平. 红楼梦研究日本语文献资料目录 [M]. 大阪明清文学言语研究会，1964.

[147] 伊藤漱平教授退官纪念中国学论集刊行委员会. 伊藤漱平教授退官纪念中国学论集 [M]. 东京：汲古书院，1986.

[148] 佐藤春夫. 定本佐藤春夫全集 [M]. 东京：临川书店（28），1998.

[149] 曹雪芹. 中国古典文学全集《红楼梦》[M]. 伊藤漱平，译. 东京：株式会社平凡社，1960.

[150] 曹雪芹. 中国古典文学全集《红楼梦》[M]. 伊藤漱平，译. 东京：株式会社平凡社，1970.

[151] 曹雪芹. 平凡社ライブラリー《红楼梦》[M], 伊藤漱平，译 东京：株式会社平凡社，1997.

[152] 曹雪芹.《红楼梦》奇书シリーズ [M]. 伊藤漱平，译. 东京：株式会社平凡社，1984.

[153] 曹雪芹. 新译《红楼梦》[M]. 井波陵一，译. 东京：株式会社平凡社，2014.

[154] 曹雪芹.《红楼梦》(全十二册)[M].松江茂夫,译.东京:岩波文庫,1972.

[155] 村上春树,柴田元幸.翻译夜话(文春新书)[M].文艺春秋,2000.

[156] 別宮貞德.翻訳讀本——初心者のための八章[M].东京:株式会社讲谈社,1984.

[157] 柳父章,水野的,长沼美香子.日本の翻訳論—アンソロジーと解題[M].东京:法政大学出版局,2010.

[158] 柳父章.翻訳とは何か——日本語と日本文化[M].东京:法政大学出版,1976.

(二)期刊论文

[159] 池间里代子.『紅楼夢』の歇后語について[J].文体论研究,2014.

[160] 王竹.宝玉の「三大病」と荘子——『紅楼夢』第二十一回の脂評を基に[J].人间文化研究,2015.

[161] 吴珺.伊藤漱平本における「好了歌」の翻訳研究[J].日本通翻译研究(12),2018.

[162] 黄彩霞,寺村正男.『紅楼夢』回目の翻訳から見た日本における『紅楼夢』の受容:『国訳紅楼夢』を中心に[J].语学教育研究论丛,2014.

[163] 佐藤美希.新訳をめぐる翻訳批評比較[J].メディア・コミュニケーション研究,北海道大学大学院メディア・コミュニケーション研究院编,2009.

[164] 赵秀娟.『紅楼夢』日訳本における詩歌の翻訳について(伊藤漱平氏『好了歌』の訳を例に)[J].福井工业大学研究纪要,2015.

[165] 陈曦子.日中における中国四大名著の受容及び再創作の概況——『水滸伝』

と『紅楼夢』を中心に [J]. メディア学：文化とコミュニケーション，2013.

[166] 古野ゆり. 日本の翻訳変化の現れた 1970 年代 [J]. JAIS 研究ノート.

[167] 丸山浩明. 书評伊藤漱平訳『紅楼夢』[J]. 二松学舎大学人文论丛，1998.

[168] 水野的. 近代日本の文学的多元システムと翻訳の位相——直訳の系譜 [J]. 翻訳研究への招待，日本通译翻译学会翻译研究分科会，2007.

[169] 孟子敏.『紅楼夢』徐述和说话中的「了 1」「了 2」的分布 [J]. 言语文化研究，2014.

附 录

附录一 1985—2015年国内《红楼梦》日译文献目录

发表时间	作品名	作者名	杂志名	备注
1989年7月2日	《红楼梦》在日本的流传及影响	马兴国	日本研究	
1993年第3期	从红楼梦的日译看"そんな"的感叹词性用法	苏德昌	日语学习与研究	
2005年12月	中日亲属称谓对比研究——以《红楼梦》为蓝本	才洪侠		硕士论文
2007年5月	成语翻译技巧研究——以《红楼梦》中的翻译实例为中心	张志凌		硕士论文
2008年12月	《红楼梦》在日本	张翔娜	广东工业大学学报	
2009年第12期	"百足之虫，死而不僵"之日译考	许清平 杨金萍	辽宁行政学院学报	
2010年第6期	《红楼梦》看汉日语人称代词差异——基于人称代词受修饰现象的考察	马燕菁	红楼梦学刊	
2010年第2期	《红楼梦》日文全译本及其对中药方剂的翻译	李海振	《红楼梦》学刊	
2010年第3辑	离愁难尽诉　风雨共悲秋——谈永井荷风对《秋窗风雨夕》的引用与翻译	赵秀娟	华西语文学刊	
2010年第2期	日本全译《红楼梦》的历程简述——平冈龙城《国译红楼梦》与白话	森中美树	华西语文学刊	
2010年第2期	试析《红楼梦》两个日译本对文化内容的翻译	王　菲	华西语文学刊	
2011年第3期	论《红楼梦》三个日译本对典型绰号的翻译	唐　均 徐云梅	明清小说研究	

发表时间	作品名	作者名	杂志名	备注
2011年第6期	红楼梦学刊简述日译《红楼梦》之难点——以平冈龙城《国译红楼梦》为例	森中美树	红楼梦学刊	作者系日本安田女子大学
2011年第22期	《红楼梦》饭冢朗日译本对小说人名的翻译	李海振	飞天	
2011年第6辑	试析伊藤漱平《红楼梦》日译本中《好了歌》及"好了歌注"的翻译	赵秀娟	红楼梦学刊	
2012年第1期	游艺词语的文化内涵与翻译——以三个日译本《红楼梦》典型游艺名称翻译	张晓红	华西语文学刊	
2012年5月	成语汉日翻译技巧研究——通过对《红楼梦》日译本的研究	王璇		硕士论文
2013年11月	《红楼梦》伊藤漱平译本的译注形式	张翔娜	才智	
2013年1月	从《红楼梦》伊藤漱平（1969）日译本看中日认知模式差异	盛文忠	红楼梦学刊	
2013年3月第2期	关联理论视角下歇后语日译策略研究	卢阳	浙江外国语学院学报	
2013年5月第3期	汉日版《红楼梦》中的詈骂语	王小丽	红楼梦学刊	
2014年4月第4期	原型—模型理论框架下的汉日非礼貌语翻译研究——以《红楼梦》为例	王小丽	现代语文（语言研究版）	
2014年5月第3期	《好了歌》四种日译本的比较研究初探	宋丹	红楼梦学刊	
2014年7月第4期	日本第四个百二十回《红楼梦》全译本简介	宋丹	红楼梦学刊	
2014年9月第3期	森槐南的《红楼梦序词》	宋丹	外国问题研究	
2015年第1期	三国之间：翻译巨匠与中、英、日跨国文化关系——以《红楼梦》的英译和日译为中心	洪涛	华西语文学刊	作者系香港中文大学翻译系
2015年5月	关联理论视角下的《红楼梦》文化负载词的日译研究	徐文烁		硕士论文

附录二 伊藤版本与井波版本《红楼梦》隐喻词条语料 ●

回目	中文木语	中文上下文	日文木语 伊藤漱平版	注释	日文上下文（伊藤）	页码（伊藤）	日文木语 井波陵一版	注释	日文上下文（井波）	页码（井波）	备注
1	何必拘拘于朝代年纪哉	历来野史，皆蹈一辙，莫如我这不借此套者，反倒新奇别致。其间离合悲欢，兴衰际遇，俱是按迹循踪，不敢稍加穿凿，徒为供人之目而反失其真传者。今之人，贫者日为衣食所累，富者又怀不足之心，纵一时稍闲，又有贪淫恋色、好货寻愁之事，那里去有工夫看那理治之书？所以我这一段故事，也不愿世人称奇道妙，也不定要世人喜悦检读，只愿他们当那醉余饱卧之时，或避世去愁之际，把此一玩，岂不省了些寿命筋力？就比那谋虚逐妄，却又省了口舌是非之害，腿脚奔忙之苦。再者，亦令世人换新眼目，不比那些胡牵乱扯，忽离忽遇，满纸才人淑女、子建文君红娘小玉等通共熟套之旧稿。我师意为何如?何必拘拘于朝代年纪哉!	なにも年代年号などにこだわられることはごさいますまい		これまでの小説体の史書は、その点どれを取っても似たりよったりで、二三の舞踏まなかったこちらの方が、いっそ変わりばえもして、気が利いていましょう。要はその内容の道理にかなったところを見てくだされば、なにも年代年号などにこだわることはごさいますまい	第1卷 P26	どうして王朝や年号にこだわる必要などありましょうか		これまでの野史はどれも同じ轍を踏んでいるので、決まった形式によらない私の話の方が、かえって目新しい風変わりな味わいをもつ点で、むしろすぐれているかと存じます。情理にかなう事柄を取り上げてきますから、またどうして王朝や年号にこだわる必要などありましょうか	一 P6	
1	红尘	如蒙发一点慈悲心，携带弟子得入红尘，在那富贵场中，温柔乡里受享几年，自当永佩洪恩，万劫不忘也	浮世		お慈悲でござります、てまえをも浮世にお連れくださるわけにはまいりますまいか？仰せの富貴の郷、温柔の楽しみをやや過ごさせていただけますれば、いついつまでもご恩に着きまするは、もちろん、億劫までも忘つくすること、忘することではごさいませぬ	第1卷 P20	俗世		もしわずかなりとも慈悲の御心を発して、弟子を俗世に連れて行き、かの豪奢の町、歓楽の都にて何年か楽しみを味わえるようにしてくださいましたなら、いつでも大恩に感服して、未来永劫、忘れるものではございません	一 P3	

● 因篇幅受限，在此仅展示词条的一部分，实际词条数量是300条，涵盖了《红楼梦》中隐喻的主要现象。

续表

回目	中文术语	中文上下文	日文本语伊藤漱平版	注释	日文上下文（伊藤）	页码（伊藤）	日文术语井波陵一版	注释	日文上下文（井波）	页码（井波）	备注
1	富贵场	如蒙发一点慈心，携带入红尘，在那富贵场中，温柔乡里受享几年，自当永佩洪恩，万劫不忘也	富貴の地		お慈悲でございます、おまえさまをお浮世をご連れくださるわけには参りますまいか？温柔せの富貴の地、楽しく過ごさせていただけますれば、いついつまでもご恩に着ますること、自当ご恩に着まするとではございませぬ	第一卷P20	豪奢の町		もしわずかなりとも慈悲の御心を発して弟子を俗世に連れて行き、歓楽の都、かの豪奢の町、楽しみを味わえるようにしてくださいましたなら、いつもでも大恩に感服して、未来永劫、忘れることはございません	一P3	
1	温柔乡	如蒙发一点慈心，携带入红尘，在那富贵场中，温柔乡里受享几年，自当永佩洪恩，万劫不忘也	温柔の郷	漢の成帝は趙合徳（飛燕の妹）を寵愛してこれを「温柔郷」と称し、「おれはこの郷に老いなん」と語ったという。転じて、優しくやさしき女人の住むところを指す	お慈悲でございます、おまえさまをお浮世をご連れくださるわけには参りますまいか？温柔せの富貴の郷の地、楽しく過ごさせていただけますれば、いついつまでもご恩に着まするとではございませぬ	第1卷20	歓楽の都		もしわずかなりとも慈悲の御心を発して弟子を俗世に連れて行き、歓楽の都、かの豪奢の町、楽しみを味わえるようにしてくださいましたなら、いついつまでも大恩に感服して、未来永劫、忘れることはございません	一P3	
1	三生石畔	只因西方灵河岸上三生石畔有绛珠草一株	三生石のかたわら		西方の霊河のほとり、三生石のかたわらに、絳珠草と申す草が一株生えておった	第1卷P31	三生石（さんしょうせき）の傍ら	三生石＝「三生」は前生、今生、後生のこと。「三生石」は、因縁があらかじめ定まっていることの喩え。回末注参照	そもそも西のかなた、霊河の岸辺の三生石の傍らに絳珠草が生えていたのですが	一P9	

续表

回目	中文术语	中文上下文	日文术语 伊藤漱平版	注释	日文上下文（伊藤）	页码（伊藤）	日文术语 井波陵一版	注释	日文上下文（井波）	页码（井波）	备注
1	离根天	后来既受天地精华，复得雨露滋养，遂得脱却草胎木质，得换人形，仅成个女体，终日游于离恨天外	離根天（リコン）	仏説に、いちばん上にあり、離れていて会えない者の抱みを抱くところだという	のちには、もともと天地の精気を受けて生まれた身のうえに雨露の滋養を得たことにより、草木の質を超えて人間の姿に変わることができ、女性の形にまで至り、やがて女人らしき姿を現じて、ひねもす離根天の外に遊びに出かけ	第1巻 P31	離根天（リコンテン）	のちには、もともと天地の精華を受けていて、また雨露の滋養を得たことにより、草木の質を超えて人の形に変わることができ、女性の姿におおせると、終日、離根天の外に遊んで	→P9	
2	女儿是水作的骨肉，男人是泥作的骨肉		女の子はみな水でできた身体、男はどれも泥でできた身体		女の子はみな水でできた身体、男はどれも泥でできた身体	第1巻 P72	女の子は水でできた体、男は泥でできた体		女の子は水でできた体、男は泥でできた体	→P34	
3	纵然生得好皮囊，腹内原来草莽		随分と押しだしだけは立派でも見かけ倒しのそのなかみ		随分と押しだしだけは立派でも見かけ倒しのそのなかみ	第1巻 P110	縦然生得好皮囊なるも、腹内原来草莽（ふくないもともとくさむら）見てくれだけは立派だが、なんと中身は役立たず		縦然生得好皮囊なるも（たといひのう）腹内原来草莽見て（ふくないもともとくさむら）くれだけは立派だが、なんと中身は役立たず	→P56	

续表

回目	中文术语	中文上下文	日文术语伊藤漱平版	注释	日文上下文（伊藤）	页码（伊藤）	日文术语井波陵一版	注释	日文上下文（井波）	页码（井波）	备注
3	波皮破落户儿	他是我们这里有名的一个波皮破落户儿，南省俗谓作"辣子"	お転婆の破落戸（あばずれもの）	破落戸は元来旧家の子弟で身をもちくずした者をいう。ほぼ同音の"辣貨"は人をまわぬ態度をいい、貧人を見立てて罵る語	これはうちでは聞こえたお転婆の破落戸、江南の方なら俗に「辣子」というやつよ	第1卷 P93	コロツキ		これはわが家の名うてのゴロツキで、南で俗に辣子と言うやつだよ	→P47	
3	孽根祸胎	我有一个孽根祸胎，是家里的"混世魔王"，今日因庙里还愿去了，尚未回来，晚间你看见便知了	できそこないの子		なんの因果かこのわたしにでき そこないの子が一人いるこ となの。これが家では"混世魔王"の格でしてね。今日はお詣でして 出たので、まだもどりませんが、晩になったらもお会いになったら一目でわかります	第1卷 P102	禍の元		わたしにはわが家の「混世魔王」とでも言うべき禍の元がいます。今日はお寺に出かけていまして、まだ戻っていませんが、夜になって会ってみれば分かりますよ	→P52	
3	混世魔王	我有一个孽根祸胎，是家里的"混世魔王"，今日因庙里还愿去了，尚未回来，晚间你看见便知了	混世魔王	仏説にいう、欲界第六天にあって世界をかき乱す魔物の王。『西遊記』第二回に も見え、孫悟空に退治される。また『水滸伝』中の好漢（地煞星）の一人混世魔王樊瑞のあだ名にも用いられている	なんの因果かこのわたしにでき そこないの子が一人いるこ となの。これが家では"混世魔王"の格でしてね。今日はお詣でして 出たので、まだもどりませんが、晩になったらもお会いになったら一目でわかります	第1卷 P102	混世魔王		わたしにはわが家の「混世魔王」とでも言うべき禍の元がいます。今日はお寺に出かけていまして、まだ戻っていませんが、夜になって会ってみれば分かりますよ	→P52	

续表

回目	中文术语	中文上下文	日文术语 伊藤漱平版	注释	日文上下文（伊藤）	页码（伊藤）	日文术语 井波陵一版	注释	日文上下文（井波）	页码（井波）注	备注
3	劳什子	什么罕物，连人之高低不择，还说"通灵"呢！我也不要这劳什子	がらくたなんぞいるもの		なに、珍品だって？人物の高下の見きわめもつかないで、通霊玉（知恵あり玉）だへったくれもないものだ！わたしだってこんながらくたなんぞいるものか	第1卷 P114	ガラクタ		何がめったにない品だ！人の善し悪しすら選べないのに、その通霊だと言うのか！わたしだってこんなガラクタなんか要るものか	—P59	
3	命根子	孽障！你生气，要打骂人，容易，何苦摔那命根子	命の綱も同然の品		この罰あたりめが！かんしゃくを起こしたり、人をぶったりどなりつけたりするのはたやすいのに、そのたいせつな同然の命の網も同然の品を投げつけてなんとする	第1卷 P115	命の綱		おバカさん！ムシャクシャしたなら、好きなように罵るなり打つなりすむものを。どうしておまえそぞの命の網をなげつけたりするの	—P59	
4	女子无才便是德	至李守中继承以来，便说"女子无才便有德"	女子は賢しゆうないがよい	原文「女子無才便是徳」。ふつう下三字は「便是徳」に作り、脂評には足を有意に改めたのがよいとある。明末から清代にかけて女子教育をおさえる用いられた成語。「男子有徳便足才（男子才とするに足り、女子無才便有徳」とは、明の陳継儒の「安得長者言」に見える男女対照の句	守中が家を継いでから、「女子は賢しゆうないがよい」を持論にして	第1卷 P122	女子は才無くして便ち徳有り	原文は「女有才便有徳」。清の賀成金の「石初鈔」に引かれた訓鈔に明の陳眉公（陳継儒）の語	ところが李守中が後を継いで以来、「女子は才無くして便ち徳有り」と主張し	—P64	

后　记

从确定以伊藤漱平《红楼梦》日译作为研究对象到现在已近整整过去了6年,这6年研究之路虽算不上荆棘满地,但也几多坎坷几多彷徨。"求红索绿费精神,梦幻恍迎华甲春。未解曹公虚实理,有基楼阁假欤真?"连伊藤漱平这样的治学大家都曾有此感慨,遑论还在大师的身影之后默默耕耘,以微薄之力"试遣愚衷"的我了。面对《红楼梦》以及伊藤漱平《红楼梦》日译本这两个鸿篇巨制,面对曹雪芹和伊藤漱平这两个旷世奇才,我既感受到了潜心研究,考证梳理的快乐,同时也深深地意识到自己的才疏学浅和局限不足。

专著付梓之时,恰逢花红柳绿,绿草如茵的初夏,而18年前,我来到北京语言大学时也正是这样一个美丽缤纷的季节。从一个意气风发的年轻教师到年近不惑的教书老匠,北京语言大学校园里美丽的梧桐大道见证了我的成长。

踽踽走来,有太多的人需要感谢,有太多的美好需要铭刻。在我彷徨迷茫之时,张华教授的悉心点拨,让我得以保持一种宁静沉稳的心态见照学术生命之灯。周阅教授博学多才,温婉如玉。每每回顾周老师那些高屋建瓴、鞭辟入里的点评意见时,心中的感佩难以言表。段江丽教授是国内红学研究的领跑者,段老师温暖睿智的目光永远是我前行路上的动力！

汉学家阿部亘老师、北京外国语大学日本学研究中心的郭连友教授、北京大学的潘钧教授、上海外国语大学的施建军教授以及浙江工商大学的刘法公教授给本研究提出了宝贵的修改意见，在此表示诚挚的感谢！

我的同事、好友文俊老师在我的研究陷入困境期间帮我扛起了翻译教学这面大旗，对一路的相知相伴深表感谢！同时，我还要对北京语言大学外国语学部的领导和同事们给予的支持深表谢意！

外甥女张欣、毕业生魏欣在繁忙的工作之余挤出时间帮忙校对，你们的付出让这本书得以早日出版！知识产权出版社的于晓菲编辑为本书的出版付出了很大的心血，在此表示深深的敬意！

最后，我要感谢我的亲人，是你们的期望让我在人生道路上不言放弃，不忘初衷。同时我要特别感谢我年幼的孩子君豪，在我疲惫之时用稚嫩的话语安慰我，在我失去力量之时用温暖的话语融化我，"妈妈，我好爱你！"这一句话是对我付出的最好的回报。

谢谢在我人生道路上遇见的每一个应该珍惜的人，是你们让我感受到了生活的美好和精彩，让我体会到了生命的涌动与澎湃，我将记取、铭刻这每一个瞬间，并把这样的大爱通过我的心传递给遇到的每一个人。

谨以此文纪念过去的岁月和迎接即将到来的明天！